INTRECCIATI

STEELE RANCH - 3

VANESSA VALE

Copyright © 2018 by Vanessa Vale
ISBN: 978-1-7959-0042-3

Tutti i diritti riservati. Nessuna parte di questo libro può essere riprodotta o trasmessa in qualunque forma o mezzo, elettrico, digitale o meccanico, incluso ma non limitato alla fotocopia, la registrazione, la scannerizzazione o qualunque altro mezzo di salvataggio dati o sistema di recupero senza previa autorizzazione scritta da parte dell'autore.

Vale, Vanessa
Titolo originale: Tangled

Cover design: Bridger Media
Cover graphic: Bigstock: millaf; Storyblocks

BLURBS

Cricket è abituata a non fare affidamento su nessuno a parte se stessa. Svolgendo due lavori per permettersi di frequentare la scuola di infermieristica, non ha tempo per nulla a parte studiare e pagare le bollette. Quando tre cowboy sexy le regalano una notte indimenticabile, crede si tratti solamente di quello. Una notte.

Per Sutton, Archer e Lee, Cricket è la ragazza che si sono fatti scappare. Diamine, è Quella Giusta. Punto. Quando il destino la riporta tra le loro braccia, non si fermeranno di fronte a nulla pur di tenerla con sé.

Questo è il terzo libro della serie dello Steele Ranch. Se ti piacciono i cowboy sexy, tu (e Cricket) ve ne beccate tre in questo volume. Sono sexy, sanno esattamente cosa vogliono e niente li ostacolerà. Una lettura indipendente, si tratta di una storia tra una donna e tre uomini – gira tutto attorno all'eroina.

ISCRIVITI ALLA NEWSLETTER

Unisciti alla mailing list per essere informato per primo su nuove uscite, libri gratuiti, premi speciali e altri omaggi dell'autore.

http://vanessavaleauthor.com/v/db

1

RICKET

«Hai dieci minuti,» ringhiò Schmidt, cacciandomi tra le braccia un costume di scena. «Mettiti questo e torna fuori. Trova delle scarpe che ti stiano.» Indicò il pavimento alle mie spalle. I bassi della canzone in riproduzione nella sala principale arrivavano fino a lì, facendo vibrare il pavimento e le pareti sottili. Nell'aria ristagnava odore di birra stantia e fumo.

Mi guardai attorno esaminando la mia nuova realtà. Quel posto era piccolo, come un guardaroba un po' esagerato. Un neon fluorescente da bar appeso al soffitto illuminava tutto con una luce forte. Ai miei lati c'erano due appendiabiti a rotelle, pieni di lingerie e completini striminziti. Pizzo rosso, lamé metallico luccicante, gonnelline da cheerleader e da scolaretta e dei top a mezzo busto. A terra c'erano diverse scarpe da zoccola con tacchi di minimo dieci centimetri, in vernice di tutti i colori.

Abbassai lo sguardo su ciò che mi era stato spinto tra le mani. Un completo da infermiera. Un abitino bianco – se così si poteva chiamare, con le maniche corte e l'orlo della gonna ancora più corto – con chiusure in velcro sul davanti invece dei bottoni. Sotto avrei dovuto indossare il pezzo sopra di un bikini bianco, costituito da due minuscoli triangoli, e un tanga abbinato, sempre bianco, con una croce rossa proprio sul davanti come se il mio inguine fosse stato l'unica fonte di sostentamento medico.

Mi si rivoltò lo stomaco al pensiero di cosa si aspettassero. Non potevo uscire là fuori e spogliarmi! Non riuscivo nemmeno a indossare quel completo.

«Non posso farlo,» dissi con tono di supplica. Per l'ennesima volta. Continuavo a ripeterlo da due ore, sin da quando mi avevano trascinata fuori dal mio appartamento.

«Non hai scelta, dolcezza.» Schmidt – immaginai fosse il suo cognome, ma era tutto ciò che sapevo di lui – era sulla cinquantina, aveva il fisico di un barile di whiskey e una sigaretta che gli penzolava costantemente dal labbro. Avevo visto la pistola che teneva nella cintura dei pantaloni. Nulla di insolito dal momento che ci trovavamo nel Montana e chiunque aveva un'arma, perfino le vecchiette, ma non pensavo fosse tanto per la sua protezione quanto più uno strumento per far eseguire i suoi ordini.

Sebbene non mi avesse messo nemmeno un dito addosso, sapevo che non avrebbe esitato a farlo se avesse voluto. Lo stesso valeva per il suo tirapiedi, Rocky. Specialmente dopo che mi aveva afferrata e trascinata fuori dal mio appartamento fino alla mia macchina. Non avevo avuto scelta e avevo dovuto guidare fino a quello squallido posto ai margini della città. Mi era passato per la mente di gettarmi fuori al primo semaforo, ma sapevo che non avrebbero fatto altro che trascinarmi di nuovo in auto, furiosi.

Forse sarebbe stato meglio se mi fossi buttata giù in un incrocio piuttosto che stare dove mi trovavo in quel momento. Non sarei riuscita ad aggirare Schmidt dal momento che era largo quasi quanto la porta, ma anche se ce l'avessi fatta, Rocky incombeva appena dietro di lui. E, con entrambi armati, non potevo rischiare. Non pensavo fossero degli assassini, ma non ci avrei messo la mano sul fuoco per quanto riguardava lo stupro. Il loro modo di persuadermi molto probabilmente prevedeva che mi mettessi in ginocchio o sdraiata.

«Ti ho dato i soldi che ti dovevo,» gli ricordai. Di nuovo. Le mie parole erano intrise di disperazione.

Lui rise, facendo correre il suo sguardo su di me, sui jeans e la semplice maglietta che indossavo. «Non con gli interessi.»

«Ho pagato anche quelli. Il venti percento.»

Lui sogghignò, scuotendo leggermente la testa come se stesse parlando con un'idiota. Magari lo ero, dal momento che mi trovavo nel retro di un sudicio strip club. «Dolcezza, ti ho già detto che è un interesse composto. Non l'hai studiato in quelle costose lezioni al college per le quali hai preso in prestito i miei soldi?»

Le lezioni di anatomia e di fisiologia che avevo seguito mi avevano insegnato come si sarebbe spezzato il suo crociato se gli avessi dato un calcio sul ginocchio come avrei voluto fare, ma non c'erano stati test riguardo al farsi fottere da un lurido strozzino. Ero stata così stupida a chiedere soldi a lui. Ero praticamente riuscita a vedere il diploma per il quale avevo lavorato così sodo, se non fosse stato per la nuova trasmissione dell'auto che mi aveva fatto subire una battuta d'arresto, a prescindere da quanti turni extra avrei svolto a lavoro.

Lui sogghignò, mostrando i denti gialli e storti. Mi aveva in pugno, ed io avevo la netta sensazione che l'interesse composto non si sarebbe mai estinto. Ero fottuta. Così dannatamente fottuta.

«Quel costume è speciale, scelto apposta per te dal momento che stai studiando per diventare infermiera e tutto il resto.»

Mi venne la nausea nel rendermi conto che si ricordava il motivo per cui gli avessi chiesto dei soldi. Non era stato per pagarmi della droga, cavolo! Si trattava del college, per migliorarmi, cazzo! Da quanto mi teneva d'occhio?

«Non so come si faccia uno spogliarello,» dissi, leccandomi le labbra secche e constatando i fatti. Ero a malapena capace a ballare: le mie amiche mi prendevano sempre in giro sostenendo che non avessi il minimo senso del ritmo.

«Ti togli i vestiti ogni cazzo di giorno,» controbatté lui. «Non è così difficile, e fintanto che metti in mostra quelle enormi tette e stuzzichi i ragazzi con una sbirciatina di figa sul finale, nessuno se ne accorgerà.»

Avevo le lacrime agli occhi. «Non l'ho mai fatto prima.»

«Dolcezza, sei l'Infermiera Vergine. Tutti adoreranno guardarti affrontare la tua prima volta là fuori. Dovrai farlo solamente fino a quando il tuo debito non sarà saldato.»

«Duemila dollari?» replicai io. «Sarebbe un interesse del cento percento e un sacco di spogliarelli.»

Lui sollevò una spalla nerboruta. «Puoi portarti dei clienti nel retro. Le lap dance pagano di più, specialmente se dai loro un bel finale.»

Dio. Sapevo cosa intendesse. Scoparsi degli sconosciuti o succhiargli il cazzo per dei soldi extra. Un bel finale per me sarebbe stato uscire da lì e non vederlo mai più.

«Puoi farmi vedere quanto sei brava dopo la chiusura.» Mi fece l'occhiolino e per poco non gli vomitai addosso.

Non ero vergine e mi piaceva il sesso un po' selvaggio, ma non esisteva che facessi qualcosa con lui, o con chiunque altro in quel posto. Scossi lentamente la testa, sgranando gli occhi.

«Posso andare alla polizia,» aggiunsi, sebbene sapessi che quella minaccia era inutile.

Il suo sorriso si fece letale. «Dillo a qualcuno e succhiare cazzi per venti dollari non sarà l'unica cosa che dovrai fare. Spero ti sia piaciuto quel semestre di scuola. Il rimborso è uno schifo.» Si limitò a sorridere. «Dieci minuti.»

Indietreggiò e sbatté la porta, facendo vibrare gli appendiabiti di metallo.

Io deglutii, lasciando che le lacrime scendessero. Merda, *merda*! Non potevo farlo. Non potevo starmene davanti ad una stanza piena di uomini sconosciuti a ballare, né tantomeno a spogliarmi. Mi ero già trovata nuda di fronte a qualcuno, ma era stato completamente diverso. Ero consenziente. Era stato divertente. Un po' selvaggio. No, molto selvaggio. Ma questo?

Avevo dei soldi. *Adesso*. Non come all'inizio del semestre estivo quando li avevo presi in prestito da Schmidt. La settimana precedente, quando avevo ricevuto la lettera ufficiale nella cassetta della posta, non ci avevo creduto. Mio padre, che non avevo mai conosciuto, era morto e mi aveva lasciato dei soldi. Tanti. Ma se avessi detto a Schmidt dell'eredità, avrebbe voluto ben più dei duemila dollari. Non mi avrebbe mai più lasciata in pace ed ecco perchè gliel'avevo tenuto nascosto. Avrei voluto dirglielo, disperatamente, così da uscire da quella situazione, ma a quel punto, dubitavo che mi avrebbe perfino creduto.

Sono l'ereditiera della fortuna degli Steele.

Sì, come no. Aveva visto il mio appartamento, la mia macchina antiquata. Cavolo, gli avevo chiesto dei soldi in prestito. Nessun milionario aveva bisogno di chiedere soldi ad uno strozzino.

La porta si aprì ed io trasalii, il tanga scivolò giù dall'appendiabiti cadendo a terra. «Non ti stai cambiando.»

Rocky. Schmidt era sicuramente il capo e ci teneva agli affari. Non dubitavo che si scopasse le donne che lavoravano nel suo club, ma non era come Rocky. Rocky era tutto sguardi lascivi e volgari. Mano morta. Mi avrebbe presa subito se fosse riuscito a nasconderlo. E mi faceva molta più paura del suo capo.

Si chinò e raccolse il tanga così da farselo penzolare da un dito. «Posso darti una mano.» Il suo ghigno sudicio mi fece rivoltare lo stomaco.

«Sto per sentirmi male.» Mi misi una mano sulla bocca. Forse fu la mia espressione o il modo in cui ero probabilmente impallidita di colpo, ma lui indietreggiò subito e indicò la porta dall'altra parte del corridoio. Io corsi verso il bagno delle donne e mi infilai nel cubicolo in fondo, appoggiandomi al cesso ed emettendo conati.

La canzone cambiò ed io capii che il mio turno si stava avvicinando. Con una mano appoggiata sulla parete bianca tutta macchiata, ripresi fiato.

Visto che avevo finito, con lo stomaco che mi faceva male, mi rialzai, rendendomi conto che avevo ancora in mano l'appendiabiti con il costume da infermiera. Col cavolo che sarei riuscita a mettermelo.

«Cinque minuti,» urlò Rocky, battendo sulla porta. Mi aveva aiutato volentieri ad indossare il costume da infermiera sexy, ma di sicuro aveva messo un limite quando avrebbe dovuto tenermi indietro i capelli mentre vomitavo. Era rimasto in corridoio. Gliene fui grata.

Dovevo andarmene da lì, da quella situazione. Avevo preso in prestito dei soldi, sì. Sapevo, quando l'avevo fatto, che sarebbe stato probabilmente stupido, ma che avrei ripagato Schmidt fino all'ultimo centesimo. Per tempo. Avevo lavorato il doppio per riuscirci. Non avevo mai assunto droghe in vita mia, non avevo mai nemmeno bevuto. Non avevo mai fumato una sigaretta. Avevo visto così tante cose durante il tempo trascorso in affidamento da sapere cosa faceva quella roba alla gente e avevo imparato in fretta che nessun altro si sarebbe mai preso cura di me. Tutti i miei soldi finivano nelle bollette e nella scuola, così da potermi prendere la laurea infermieristica e uscire da quella vita scandita da uno stipendio a quello successivo.

Ma Schmidt voleva solamente fottermi, mandarmi in rovina. Farsi un po' di soldi in più sfruttando chi, sfortunatamente, faceva affari con lui. L'avevo ripagato. Ero stanca di farmi sfruttare. Non ci sarei stata, non più.

Uscii dal cubicolo, guardandomi attorno. Piastrelle di uno squallido verde menta, uno specchio rotto. Non passavano abbastanza donne dallo strip club da rendere necessaria una ristrutturazione. Ma a differenza dello sgabuzzino, lì c'era una finestra. Piccola, ma pur sempre una vita d'uscita. Vi andai, trafficai con la chiusura, poi mi lanciai un'occhiata alle spalle. Rocky sarebbe potuto entrare in qualunque momento. L'avrebbe fatto, di sicuro, entro cinque minuti se non fossi uscita da sola.

Feci scattare la serratura rugginosa, posai i palmi sulla parte centrale della cornice e spinsi. Si mosse, ma la vernice era vecchia, il legno gonfio, per cui i miei sforzi produssero un forte scricchiolio di protesta. Lanciandomi un'altra occhiata alle spalle, mi chiesi se Rocky l'avesse sentito. Sperai che il volume alto della musica l'avesse nascosto. Un getto d'aria fresca mi investì dalla piccola apertura che avevo creato, spingendomi a spalancarla del tutto. Quattro centimetri di libertà e la mia adrenalina prese a pompare. La finestra era piccola, ma se fossi riuscita ad aprirla, avrei potuto passarci attraverso. L'avrei fatto, a qualunque costo. Spinsi e la aprii, sempre di più, fino a quando non fui in grado di infilarmici.

Mi dimenai, mi strinsi, mi spinsi e riuscii a passare attraverso l'apertura, mettendo le mani avanti per proteggermi la testa mentre cadevo per circa un metro fino a terra. Guardandomi attorno, cercai di capire dove fossi. Mi trovavo nel parcheggio, di fronte a me c'erano i bidoni della spazzatura, il che voleva dire che mi trovavo dal lato più estremo, lontano dall'ingresso. Non faceva ancora buio, saranno state forse le sette o giù di lì. Nonostante il parcheggio fosse per metà pieno, non c'era nessuno nei paraggi. Nessuno aveva assistito alla mia fuga. Dovevo solamente sperare che quel posto fosse troppo scadente per delle telecamere di sorveglianza, se non altro su quel lato dell'edificio.

Mi alzai, mi ripulii le mani sui jeans per togliermi il pietrisco, poi corsi verso la macchina. Avevo ancora la mia borsetta di pelle a tracolla. Con dita tremanti, tirai fuori le chiavi e mi guardai alle spalle per assicurarmi che Rocky non avesse ancora scoperto la mia fuga. Avevo solamente un altro minuto o due al massimo.

Una volta in macchina, pregai che partisse. Non mi vedevano molto come una minaccia, sapendo che avrebbero potuto intimidirmi – o farmi del male, se non fossi tornata notte dopo notte a spogliarmi fino a quando il mio maledetto debito non fosse stato saldato. Non avevano bisogno di tenermi in ostaggio per tenermi prigioniera.

Col cazzo. Non sarei tornata. Mai più. Dovevo andarmene da lì. Da quel parcheggio, da quella città. Accesi il mio rottame di macchina e uscii a razzo dal parcheggio, rallentando appena per svoltare in strada. Mi balzò il cuore in gola quando vidi la testa di Rocky spuntare dalla finestra aperta del bagno, lo sguardo omicida.

Non potevo tornare a casa, nemmeno per prendere dei vestiti o i soldi che vi avevo nascosto. Sapevano dove vivevo e non avevo dubbi che sarebbe stato il primo posto in cui mi avrebbero cercata. Non avrebbero fatto altro che prendermi e riportarmi al club, questa volta con un po' più di rabbia e di aggressività. Probabilmente si sarebbero prima *divertiti* un po' con me. Per fortuna quella sera mi avevano sottovalutata, ma sapevo che non l'avrebbero rifatto una seconda volta.

In periferia, premetti l'acceleratore fino in fondo, lasciandomi alle spalle gli edifici che si allontanavano sempre di più. Avevo bisogno di sparire. Nascondermi. Sapevo giusto dove andare.

2

RCHER

Era stata una lunghissima giornata del cazzo. C'era stato un incidente sulla statale che aveva bloccato le corsie in direzione ovest per due ore. Miracolosamente c'erano state solo delle ferite lievi. Poi la Signora Bickers aveva chiamato dopo pranzo. Avevo perso a testa o croce con l'altro sceriffo di turno ed ero stato io a passare da lei per controllare la fiamma pilota del suo fornello. L'ottantenne aveva delle dita agili per una donna della sua età e il mio sedere era stato pizzicato non una, ma ben due volte in quella giornata. Poi c'era stato il caso di violenza domestica su Hawkins Creek Road. Barlow era una cittadina tranquilla e mi piaceva così, ero contento di tenermi alla larga dallo schifo con cui le metropoli più grandi avevano a che fare ventiquattr'ore su ventiquattro. Quel giorno, però, mi era stato ricordato che lo schifo avveniva ovunque, perfino nella campagna del Montana.

Con il sole che scendeva lentamente verso le montagne, desideravo una doccia, una birra, magari nello stesso momento, e poi una partita in TV. Visti i giorni liberi successivi, mi sarei aggiudicato *qualche* di birre. Ecco perchè, quando un'auto mi passò accanto diretta dalla parte opposta, a centotrenta quando il limite era di novanta, imprecai tra i denti. Non potevo lasciar andare via quella persona senza sapere se fosse ubriaca o meno. Non potevo godermi un secondo tempo chiedendomi se quel tipo avesse ammazzato qualcuno. Accostandomi a un lato della strada, feci inversione ad U e azionai la barra delle luci e le sirene del mio SUV da sceriffo. Inviai la segnalazione radio mentre la macchina accostava a bordo strada e si fermava.

Parcheggiai dietro di lei, sistemando il SUV in modo che mi proteggesse dal traffico una volta che mi fossi piazzato accanto al veicolo, poi inserii il numero di targa nel sistema. Il piccolo schermo del computer mi disse che era associata ad una certa Christina Johnson, che era tutto in regola e che era residente a Missoula. Si trovava a due ore di macchina da lì, ma non era nulla, nel Montana.

«Buonasera, signora,» dissi mentre mi avvicinavo al finestrino. La schedai subito. Una donna sui venticinque anni, capelli scuri, jeans e maglietta. Niente odore di alcol, tabacco o marijuana. Indossava la cintura. «Sa che stava andando a centotrenta su una strada con il limite a novanta?»

«Oh, um, salve, agente,» rispose lei, nervosa. «Non stavo davvero prestando attenzione alla velocità. Scusi.»

La sua ansia e la risposta tesa erano del tutto normali per una persona fermata dalla polizia. Tuttavia, lei stava sudando, i capelli scuri erano umidi sulle tempie, perfino col finestrino abbassato. Era stata una giornata calda, ma il sole stava calando e di lì a poco sarebbe sopraggiunta una fantastica serata estiva più fresca. Le nocche erano bianche per la presa ferrea che teneva sul volante. Vista la mia carriera ero diventato piuttosto bravo a leggere le persone e lei o era strafatta di droghe, o era spaventata a morte.

«Dove si sta dirigendo?»

«Barlow.»

«Patente e libretto, signora,» dissi.

Lei trasalì, come se le servisse qualche secondo per capire cosa le avessi chiesto. Aveva la borsa a tracolla, incastrata nella cintura. Feci un passo indietro per coprirmi mentre frugava. Era un momento rischioso visto che non avevo idea di cosa avrebbe estratto dalla borsetta. Portarsi dietro un'arma nascosta era legale nel Montana – per chi aveva il permesso – il che mi rendeva un tantino nervoso. Io avevo la mia pistola alla cintura, ma non mi piacevano le sorprese.

Mentre lei cercava, le chiesi, «Come si chiama?»

«Cricket. Cricket Johnson.»

Cricket.

Porca troia. Di certo non potevano esserci due Cricket nel Montana occidentale, no? Il mio cuore perse un battito e il mio pene ebbe un sussulto. Era un fottuto controllo a bordo strada, ma ad ogni modo... se quella era Cricket, la donna che Sutton stava cercando, quella che ci eravamo fatti insieme a Lee durante quella folle notte dell'estate precedente...

«Ecco,» disse lei, porgendomi la patente. Aveva le mani che tremavano e mi chiesi di nuovo se fosse sotto l'effetto di qualcosa. Si allungò per prendere il libretto dell'auto dal portaoggetti, ma io controllai i suoi documenti. Christina Johnson.

«Cricket è un soprannome, Christina Johnson?» domandai una volta che mi ebbe porto il libretto.

«Oh, um, sì. Mi scusi, non mi chiamano mai Christina.»

Io rimasi in silenzio, in attesa, costringendola ad alzare lo sguardo su di me. Aveva i capelli lunghi, neri quasi come la pece, scompigliati dal vento e pieni di nodi. Gli occhi scuri erano sgranati e si mordeva il labbro inferiore carnoso.

Bellissima. Era vibrante di energia. Non sembrava drogata, ma chi poteva dirlo al giorno d'oggi. La Cricket che mi ricordavo non era stata il tipo di donna da immischiarsi con la droga, ma era passato un anno e si era trattato solamente di una notte. Nel mio lavoro, avevo visto roba più assurda di quella.

«Torno subito,» le dissi, portandomi via i suoi documenti.

Tornai al mio SUV statale, caricai la sua patente sul computer per trovare informazioni. Presi la radio e aggiornai il controllore, dicendo che il fermo era terminato. Tecnicamente non lo era, ma mi stavo mettendo nei guai, lì, specialmente visto che non ero più in servizio. Tirai fuori il cellulare.

«Non ci crederai mai,» dissi quando Sutton rispose.

«Cosa? La Signora Brickers ti ha di nuovo pizzicato il culo?» mi chiese il mio amico.

«Ho appena fermato una donna che si fa chiamare Cricket.»

Ci fu silenzio. «Cazzo, sul serio?»

Io detti un'occhiata al suo documento. «Venticinque anni, capelli neri, occhi scuri. Una cicatrice da varicella sulla guancia sinistra. Davvero bellissima, cazzo.»

«È lei. Ha una cicatrice anche sull'interno del ginocchio destro,» aggiunse lui.

«Le luci erano spente. Io non ho visto un cazzo,» borbottai.

«Hai sentito parecchio però.»

Era vero. Quella notte era impressa nella mia memoria. Sutton che tra tutti i posti del mondo trovava la donna dei suoi sogni al rodeo di Poulson, e se la portava nella propria camera di albergo per una scopata selvaggia. Da una notte erano diventate due e aveva scoperto che le piaceva condividere. Volendo soddisfare una delle sue fantasie, aveva chiamato me e Lee, chiedendoci di unirci a loro. Dio, mi ricordavo ogni singolo momento di quella lunga nottata; il peso florido dei suoi seni, il gusto della sua figa mentre me la divoravo, la sensazione dei suoi muscoli che si contraevano attorno al mio cazzo mentre veniva quando l'avevo scopata nell'ano – aveva voluto perfino quello – il modo in cui mi aveva preso a fondo nella sua gola. Il modo in cui era stata soddisfatta da tre uomini che l'avevano resa il centro del loro mondo. Era stato... intenso, incredibile ed io ci ero rimasto malissimo, quasi quanto Sutton, quando se l'era svignata. Anche Lee.

«È da un anno che ti dico che lo voleva, ma che era nervosa. Tenere la stanza al buio le garantiva l'esperienza dei tre uomini senza doverne vedere i volti. L'aveva adorato.»

«Cristo, lo so. Si è ritrovata tre bocche, tre cazzi e sei mani addosso.» *Per tutta la notte.*

«E all'incirca una dozzina di orgasmi.» Lo sentii gemere al solo parlarne. Era la nostra relazione mai avviata, se n'era andata di soppiatto prima dell'alba, non l'avevamo mai più sentita. Non che non avessi provato a cercare nei database della polizia il nome Cricket. Nulla. Era stata un fottuto miraggio. Fino a quel momento.

«Quella notte è in cima alla lista delle mie fantasie più eccitanti,» dissi, l'uccello che mi veniva duro, ormai, perfino durante un fermo. Le sue informazioni comparvero sullo schermo. «Avevi detto che era bellissima. Avevi ragione.» Mi ricordavo il dolce succhiare della sua bocca, le contrazioni della sua figa, i suoi gemiti e gli ansiti di piacere, ma non avevo mai visto il suo volto. Per una notte di follie ero stato cieco, e adesso riuscivo a vedere.

«Merda,» gemette lui, molto probabilmente desiderando di trovarsi nel SUV di pattugliamento con me.

«È di Missoula,» gli dissi, leggendogli quanto riportato sullo schermo. «Non ha nemmeno un parcheggio non pagato. Ma c'è qualcosa che non va in lei. È nervosa. Sembra perfino terrorizzata.»

«Perchè l'hai fermata?»

«Eccesso di velocità.»

«Dove?»

«La statale trentaquattro.»

«Arrivo tra venti minuti. Non me la lascio scappare di nuovo.»

Io mi sfregai la fronte. «Amico, non posso tenerla ferma venti minuti per un eccesso di velocità.»

Proprio in quel momento, lei scese dalla macchina e corse verso la mia. Perfino nei jeans stretti, le sue gambe erano chilometriche. Mi ricordavo della sensazione che mi avevano dato avvolte attorno alla mia vita. Le volevo sentire di nuovo.

«Aspetta,» dissi, allontanandomi il cellulare dall'orecchio.

«Senta, l'ho fatto,» disse lei quando si trovò di fronte alla portiera aperta, lanciando un'occhiata a me e poi una alle sue spalle, come se qualcuno la stesse inseguendo. La strada a due corsie era praticamente deserta, era passata solamente una macchina da che l'avevo fermata. «Stavo andando oltre i limiti, infrangendo la legge. Sono stata cattiva.» Mi porse le braccia, i polsi vicini. «Mi ammanetti.»

Il mio uccello passò da mezz'asta ad erezione piena nel tempo che ci impiegò lei a dire *mi ammanetti*. La Cricket dell'anno prima avrebbe adorato un paio di manette.

«Mi arresti,» aggiunse con disperazione.

Tuttavia, sebbene il mio pene la pensasse diversamente, non stava parlando come una donna che volesse sedurre un uomo. Specialmente non una con la quale aveva già fatto sesso in passato, non che lei lo sapesse. Non aveva idea di chi fossi. Non aveva mai visto il mio volto quella notte. Aveva sentito la mia voce, sì, ma erano passati dodici lunghi mesi. Non era stata una cosa da ricordare. Io non mi ricordavo la sua. Magari se avesse pronunciato il mio nome in un ansito di piacere avrei potuto riconoscerla, ma non era minimamente eccitata. Era spaventata. *Molto* spaventata. Qualcosa l'aveva terrorizzata a morte.

Uscii dalla macchina, costringendola a indietreggiare, e mi chiusi la portiera alle spalle.

«Vuole andare in prigione?» le chiesi, valutandola.

No, non era drogata. Aveva superato i limiti di velocità perchè stava scappando da qualcosa. Da *qualcuno*. A giudicare dal modo in cui continuava a guardare la strada nella direzione da cui era venuta, era preoccupata che questa persona la stesse seguendo. Se era abbastanza spaventata da *chiedere* di essere arrestata, allora non l'avrei lasciata andare con un semplice avvertimento lasciando che pensasse a proteggersi da sola. Col cazzo. Se aveva paura, mi sarei preso cura di lei.

Tenendo lo sguardo fisso su di lei, mi riportai il telefono all'orecchio, abbassando la voce. «Vengo io da te. Mezz'ora, e chiama Lee,» dissi a Sutton prima di chiudere la chiamata e lanciare il cellulare sulla console centrale attraverso il finestrino aperto.

«Dovrò perquisirla.»

Lei spalancò gli occhi e arrossì leggermente.

«Si volti e metta le mani sul cofano.»

Lei obbedì, lanciandomi un'occhiata da sopra la spalla.

Cazzo, era sexy. Era tutta piccole curve. Mi ricordavo del peso delle sue tette nelle mie mani, la rotondità dei suoi fianchi, il suo fantastico culo a cuore. Ma era stato tutto solamente al tatto. Adesso riuscivo a *vederla* tutta. L'idea di metterle una mano tra le scapole per farle sporgere indietro il sedere era decisamente troppo allettante. Aveva bisogno di una sculacciata per la sua guida pericolosa. Avrei potuto dargliela io – avrei adorato posare il palmo su quella carne soda – ma era Sutton quello che dominava meglio.

Adesso non era il momento per quelle cose, nemmeno per soffermarsi su quei pensieri perchè lei pensava che io fossi in servizio. Lo ero stato fino a quando non mi aveva detto il suo nome. Tuttavia, non ero stupido. L'estate prima era sparita alle prime luci dell'alba, senza mai più farsi vedere né sentire... fino a quel momento. I fermi stradali erano pericolosi e non avrei permesso al mio uccello di farmi uccidere. Non pensavo che fosse una minaccia, ma non avrei rischiato. Se aveva un'arma, volevo saperlo.

«Porta con sé della droga?» le chiesi, facendo scorrere lo sguardo sui suoi jeans consumati e sulla maglietta semplice. Non indossava gioielli.

«No.»

«Attrezzatura per droga? Aghi?»

«No.» Scosse la testa, la punta dei lunghi capelli che sfregava sul cofano bianco del SUV.

«Coltelli?»

«No.»

Le andai alle spalle, eseguendo la perquisizione standard sbrigativa e mantenendo il tutto il più professionale possibile nonostante l'uccello mi si stesse indurendo al solo toccarla. Sì, se la ricordava.

«Fatto,» dissi, con voce roca.

Lei si voltò e mi guardò attentamente, ma il suo sguardo si spostò nuovamente sulla strada un paio di volte.

Estraendo le manette dalla cintura, gliele feci passare sui polsi esili, chiudendole. Non faceva parte del protocollo, nemmeno lontanamente, non solo ammanettare qualcuno che non si stava effettivamente arrestando, ma anche tenergli le mani davanti al corpo. Io, tecnicamente, non ero in servizio e non avevo intenzione di avvisare che avessi qualcuno in custodia, perchè lei non lo era. Era con me, Archer l'uomo, non lo sceriffo. Non la stavo portando alla stazione di polizia, la stavo portando allo Steele Ranch. Da Sutton e Lee. Per ritrovarla di nuovo in mezzo a noi tre. Per parlare, per scoprire cosa diamine le stesse succedendo e poi scoprire perchè diavolo fosse scomparsa. E se ciò avesse portato a farla spogliare e ad entrare dentro di lei, a me stava più che bene.

Nel frattempo, se essere ammanettata la tranquillizzava, per me non era un problema. Non volevo spaventarla più di quanto già non fosse. Per il momento sarei stato al gioco per assicurarmi che non fosse in pericolo. E se avesse avuto bisogno di aiuto, l'avrebbe ottenuto dai suoi tre uomini.

La presi per un braccio, la pelle nuda, calda e morbida come la seta, e le feci fare il giro dell'auto conducendola al sedile del passeggero. Mi ricordai di come le avessi fatto scorrere le mani su tutte le sue curve, nessuna esclusa.

«Non mi mette nel sedile dietro?» chiese lei mentre io le fissavo la cintura di sicurezza.

Chinato su di lei com'ero, incrociai il suo sguardo. Cazzo, era bella. Aveva effettivamente la piccola cicatrice da varicella sulla guancia, un piccolo cerchio in alto vicino all'orecchio e dovetti chiedermi che aspetto avesse quella sull'interno del ginocchio, vista da vicino. E i suoi occhi, così scuri da essere quasi neri, mi fissavano con un misto di panico persistente e di curiosità. Io trassi un respiro, lasciandolo andare. Inalai il suo profumo. Cocco? Qualcosa di tropicale che proveniva dai suoi capelli lunghi.

La percepii. Quella scossa. Il bisogno di rivendicarla proprio come l'avevo sentito quella notte dell'estate prima. E non avevo nemmeno saputo che aspetto avesse, allora. Il legame aveva trasceso le cose superficiali. Sutton, quello stronzo, l'aveva conosciuta al dannato rodeo mentre Lee era in gara. L'aveva vista, aveva saputo che sarebbe stata sua e se l'era presa. Poi c'era stata la notte con tutti e quattro noi insieme. Sutton, Lee ed io avevamo voluto tenercela. Per altro oltre il sesso. Per tutto, cazzo, il che era folle.

Ma adesso? Adesso sapevo che quella strana sensazione che avevo avvertito nello stomaco quella notte era stata giusta. Sutton aveva avuto ragione a fare praticamente la vita del monaco da quella notte di follie perchè lei *era* quella giusta. E adesso era con me. L'avevo beccata.

Ammanettata. Era mia. Nostra. L'avrebbe scoperto molto presto.

Era fuggita una volta. Non avremmo permesso che succedesse di nuovo.

3

RICKET

«Di chi hai paura che stavi andando così veloce?» mi chiese dopo dieci minuti di viaggio.

Io trasalii. Il mio cervello continuava a ripetermi le immagini della mia fuga straziante dallo strip club. Senza dubbio ormai Rocky era sulle mie tracce. Non per i duemila dollari che *in teoria* dovevo a Schmidt, ma perchè non esisteva che mi avrebbero permesso di sfuggirgli. Rocky era troppo uno stronzo, troppo presuntuoso per lasciare che una donna gli tenesse testa. Era chiaro che lui e Schmidt pensassero che il posto di una donna fosse mezza nuda su un palco o in ginocchio. Avrebbe voluto punirmi per avere avuto la meglio su di lui e farmi fare uno spogliarello di certo non sarebbe stato il suo primo pensiero una volta che mi avesse messo le mani addosso.

«Non so di cosa stia parlando,» replicai, poi mi morsi un labbro. Non era una buona idea mentire a un poliziotto, ma non era nel mio interesse scendere nei dettagli di ciò che avevo fatto. Mi ero infilata in quel casino e mi ci sarei tirata fuori da sola. Proprio come avevo sempre fatto.

Lanciai un'occhiata al nome scritto sulla targhetta di metallo appuntata alla sua camicia. Wade. Lo sceriffo – Wade – teneva una mano sul volante mentre l'altra era posata in maniera disinvolta sulla sua coscia. Non sembrava turbato dal fatto che stessi palesemente mentendo. Non fece nulla a parte guidare, il che mi fece lentamente rilasciare il fiato che avevo trattenuto.

Il SUV era grande e pieno di ogni genere di radio e computer, gadget di sicurezza e pulsanti. Ma quando lui si era infilato al posto di guida, lo spazio si era ristretto in fretta. Era enorme, robusto e decisamente sexy. Doveva avere sui trentacinque anni e mi piaceva tutto di lui. Capelli scuri, occhi scuri. Sopracciglia ben marcate. Un accenno di barba fatta il giorno prima a scurirgli la mandibola squadrata. Era difficile dire quanto fosse robusto perchè era chiaro che stesse indossando uno spesso giubbotto antiproiettile sotto l'uniforme. Trasudava autorità e comando il che stranamente mi tranquillizzava, specialmente dopo essere stata con il pericoloso e molto prepotente Schmidt. Mi faceva sentire... al sicuro.

«Dove ti stavi dirigendo a Barlow?» mi chiese per fare conversazione mentre io intravedevo la città in lontananza.

Era un paesino piccolo e non c'era nulla nei dintorni. Aperta prateria, aspre formazioni rocciose, collinette e una catena montuosa in lontananza. Lunghe file di pioppi decoravano la prateria seguendo il corso di un torrente o ruscello. Era un bel panorama, ma tutto ciò che mi importava era che ci trovassimo lontani da Schmidt e Rocky.

Una voce risuonò dalla radio, ma lui allungò una mano verso la console, premette un pulsante e lo strumento si zittì.

Io fui grata di quella domanda più semplice, per cui

risposi, «Steele Ranch.»

Non riuscivo a pensare ad un motivo per cui nasconderglielo. *Stava* guidando. L'auto rallentò come se avesse sollevato il piede dall'acceleratore, ma solo per un istante mentre i suoi occhi incrociavano i miei.

Sentii il calore del suo sguardo e cercai di non agitarmi sul sedile fino a quando lui non lo riportò sulla strada. Wow, era stato intenso, come se fosse esplosa una scarica elettrica nell'aria.

«Uno dei ragazzi che lavorano al ranch è il tuo fidanzato?»

Io abbassai lo sguardo sul grembo e arrossii, ricordandomi dell'ultima volta che ero stata con un ragazzo. Avevo pensato che fosse speciale, che il legame che avevamo avuto fosse stato molto intenso. Il fine settimana che avevamo passato insieme era stato fantastico, nonostante si fosse trattata di una sveltina al rodeo e non erano rinomate per essere delle storie durature.

L'estate prima, ero andata con un'amica ad un rodeo di due giorni a Poulson ed ero stata più interessata al ragazzo sugli spalti che non mi aveva tolto gli occhi di dosso per tutta la sera piuttosto che agli uomini che rischiavano la loro vita sui tori.

Avevo esaminato attentamente i suoi capelli cortissimi, gli occhi scuri e lo sguardo intenso. Decisamente più vecchio di me, aveva quell'aria di vita vissuta duramente, non l'espressione allegra e spensierata di chi partecipava al rodeo, che di solito aveva un atteggiamento più baldanzoso. Volevano sempre dimostrare di saper durare più di otto secondi. Io volevo un ragazzo che sapesse di essere in grado di restare in sella.

Quel tipo era sembrato... pericoloso, se non altro per la sopravvivenza delle mie mutandine, nei jeans strappati e nella sua camicia coi bottoni a scatto. E quando mi aveva avvicinata, non avevo avuto paura. Era stato... magico. Intenso. Non amore a prima vista, ma di certo desiderio a prima vista, il che era folle. Era stata una sensazione potente e selvaggia ed ero finita subito a letto con lui. Non eravamo usciti dalla sua stanza d'albergo per due giorni perchè ci eravamo semplicemente trovati.

Avevo provato un legame più profondo con lui che con qualunque uomo prima... o dopo di lui. Ci era bastato un giorno insieme per condividere i nostri più oscuri segreti, le nostre perversioni più spinte. Mi ero preoccupata, perfino imbarazzata nel condividere le mie, ma lui non aveva riso, non mi aveva presa in giro. Piuttosto, si era impegnato a soddisfare ogni mia singola fantasia, forse perche le sue erano compatibili con le mie.

Io ero lo yin e lui lo yang. O meglio, io ero la sottomessa e lui il dominatore.

Aveva perfino reso realtà una delle mie fantasie più folli facendo entrare nel nostro letto i suoi due migliori amici. Io ero rimasta anonima, come avevo voluto. Lui aveva spento le luci, rendendo la stanza abbastanza buia da non permettermi di vederli. Loro non erano riusciti a vedere me, a meno che non avessero avuto dei superpoteri da licantropi o stronzate del genere.

Non li avevo visti in faccia, avevo solamente sentito le loro voci, le loro oscure promesse, le loro parole sporche, avevo sentito le loro mani, le loro labbra, i loro enormi uccelli. L'oscurità mi aveva messa a mio agio, mi aveva fatto dimenticare di trovarmi con tre uomini, tre estranei. Folle? Assolutamente. Incredibile? Decisamente.

Erano stati *bravi* ragazzi che avevano reso quella notte spettacolare, che mi avevano dato più orgasmi di quanto avessi pensato possibile. Una fantasia da ricordare. Sebbene non fosse una cosa che avessi intenzione di raccontare ai miei nipoti, un giorno, di certo potevo ripensarci negli anni a venire sapendo di essere stata abbastanza coraggiosa da prendermi ciò che volevo e che avevo trovato tre ragazzi gentili, dolci, dominanti e abbastanza abili da concedermelo.

Ma si era trattato solamente di un weekend, di una scappatella, ed io avevo il mio tirocinio da infermiera a cui tornare. La frequenza era obbligatoria per superare il corso e per quanto gli orgasmi – e quegli uomini – fossero stati spettacolari, non potevo mandare a monte le mie possibilità di carriera per loro. Non avevamo parlato di nulla che esulasse da quel weekend e sapevo che non eravamo legati in alcun modo. Visto il lungo viaggio da Poulson fino al punto in cui si trovava l'ospedale a Missoula, ero dovuta scappare prima dell'alba per riuscire ad arrivare in tempo per il mio turno.

Non ci eravamo scambiati i numeri, eravamo stati troppo impegnati a fare altro, e quando me n'ero andata, avevo pensato che fosse finita. Un'avventura al rodeo non era una storia duratura. Chi voleva avere una relazione con una donna che desiderava tre uomini? Era stata un'esperienza selvaggia, ma la realtà della scuola da infermieri e del lavoro a tempo pieno si era ripresentata con prepotenza. Fare abbastanza soldi per pagare le bollette – l'affitto, l'assicurazione, la spesa e la scuola – aveva richiesto che lavorassi ogni minuto in cui non mi trovavo in aula o non stessi dormendo.

Nonostante sapessi che aspetto avesse nudo e tutte le cose spinte che quel figo del rodeo sapeva farmi, conoscevo solamente il suo nome di battesimo. Sutton. E per quanto riguardava i suoi amici che si erano uniti al divertimento, non sapevo nemmeno quello. Era del tutto ridicolo il fatto che avessi messo a nudo il mio corpo e la mia anima a quel modo senza nemmeno farmi dire i dannati nomi di tutti. Mi ero odiata ogni giorno da allora per quel motivo. Nell'ultimo anno avevo continuato a vivere di "se". E se Sutton fosse stato in grado di chiamarmi? E se tutti e tre avessero desiderato più di una sveltina selvaggia? E se... *e se*.

Dunque, tutto ciò che avevo avuto era stato quel folle weekend con Sutton, la notte con tre fantastici uomini a tenermi al caldo, a cui pensavo quando usavo il mio vibratore e le mie dita per farmi venire – e da allora non avevo provato più nulla di simile. Chiunque mi avesse chiesto di uscire dopo quella volta era stato rifiutato. Nessuno era Sutton e sembrava che lui fosse l'unico che desiderassi. Be', anche i suoi amici, ma quello non era stato reale, si era trattato solamente di due frutti dell'immaginazione, grandi e muscolosi nel buio.

«Non ho un fidanzato.» Sollevai i polsi ammanettati facendo tintinnare il metallo. «Non sono davvero in arresto, vero?»

Lui mise la freccia, rallentò e attese che passasse un'auto nella corsia opposta prima di svoltare in una traversa. «No.» Fece un cenno col mento in direzione del divisorio di plastica trasparente alle nostre spalle che separava i sedili davanti da chi veniva arrestato e messo nel retro. «Non staresti seduta qui se lo fossi.»

«Allora perchè sono in manette?»

«Perchè volevi che te le mettessi.»

La sua voce bassa e vibrante mi fece pensare a cose oscure e sporche riguardo a quelle parole. Era in una posizione di potere – gli avevo volontariamente ceduto il controllo su di me, ne era stata la prova l'innocua, tuttavia molto seducente perquisizione e poi le manette – e per me era molto rassicurante. Mi sentivo come se il peso che portavo sulle spalle di dover fuggire, allontanarmi da Schmidt e Rocky, fosse ora passato nelle sue mani. Mi piaceva. Ne avevo bisogno. Avevo il controllo di ogni singolo aspetto della mia vita. Ogni istante era pianificato, ogni centesimo contato. Desideravo ardentemente un uomo che mi potesse dominare, che mi permettesse di lasciare a lui ogni decisione. Che mi permettesse di liberare la mente e semplicemente... essere.

Le manette erano la prova fisica di quel dominio e lui aveva ragione, le volevo. Volevo che avesse lui il controllo. Il fatto che se ne rendesse conto era inebriante. Sorprendente. Accattivante.

Folle, sì, specialmente dal momento che era un estraneo. Ma sentivo che era un *brav'*uomo, che prendeva sul serio il proprio ruolo. Il suo lavoro lo metteva in una posizione di fiducia, e nel profondo sapevo che non se ne sarebbe approfittato. Dubitavo che avrebbe accostato il SUV per approfittarsi di me, anche se io avessi acconsentito, ma mi faceva comunque agitare sul sedile, ricordando come, durante quella notte insieme agli altri tre, loro mi avessero legato i polsi con una delle loro cinture di cuoio e me li avessero fissati alla testiera del letto. *Quello* era stato eccitante, il momento in cui si sarebbe deciso chi avrebbe avuto il controllo. Io l'avevo passato – volontariamente – a loro. Mi avevano fatta venire, prima con la bocca, poi con gli uccelli, girandomi a pancia in giù, gambe aperte, poi in ginocchio.

Mi schiarii la gola. Perchè d'improvviso stavo pensando a loro, a quel weekend, a quella notte, a ciò che avrebbe potuto essere se solo avessi ottenuto un numero di telefono di Sutton o gli avessi lasciato il mio?

«Allora dove mi sta portando?» chiesi mentre uscivamo di nuovo dal paese, questa volta diretti a nord.

«Lo Steele Ranch, come volevi.»

Io arrossii, rendendomi conto di quale strada avessero intrapreso i miei pensieri e del fatto che lui si stava solamente comportando gentilmente. «Grazie,» mormorai, sollevata.

Non mi emozionava l'idea che Schmidt e Rocky potessero trovare la mia macchina abbandonata a bordo strada e ciò che ne avrebbero fatto se fosse successo, ma mi sentivo abbastanza al sicuro sapendo che avevo fatto perdere le mie tracce. Non era stato risolto nulla, ma, per il momento, potevo tenere la testa bassa e pensare a ciò che avrei dovuto fare.

Svoltammo dopo un paio di minuti, passando sotto l'arco in legno del ranch e guidando lungo l'infinito vialetto. Era mio? Un meraviglioso pezzo di proprietà. E quando giungemmo in vista della casa principale del ranch, annaspai.

«È enorme!» esclamai, chinandomi in avanti e posando le mani sul cruscotto.

Wade mi lanciò un'occhiata, poi studiò la casa che si ingrandiva man mano che vi ci avvicinavamo. Era bianca, a due piani, con una veranda che le correva tutta intorno. «È stata costruita dal nonno di Aiden Steele, credo.»

Accostò di fronte alla casa e spense il SUV. Scese ed io fissai la mia casa. O, quantomeno, in parte mia. Ma apparteneva a me. Me! E anche tutto il terreno attorno ad essa, se la lettera dell'avvocato era corretta. E lo era. Aveva un aspetto molto ufficiale e legale. Non avevo dovuto nemmeno firmare dei documenti. Un padre che non avevo mai conosciuto mi aveva lasciato tutto quello. Mi aveva lasciato con un sacco di domande. Aveva saputo di me? Aveva saputo che mia madre mi aveva data via?

Ora potevo permettermi la scuola da infermieri. Potevo permettermi tutto quello che volevo. Potevo perfino estinguere il ridicolo interesse composto di Schmidt, ma ciò non significava che mi avrebbe lasciata in pace, specialmente quando avesse scoperto quanti soldi avessi in realtà.

Ma non dovevo preoccuparmene ora. Adesso devo scoprire come entrare in quella casa. Lo sceriffo Wade mi avrebbe semplicemente lasciata lì una volta che mi avesse tolto le manette? I documenti dell'avvocato si trovavano in un cassetto della mia scrivania nel mio appartamento.

Lui fece il giro fino alla mia portiera, la aprì e mi aiutò a scendere, tenendomi una mano sul gomito. Quando indietreggiò, notai due uomini attraversare la veranda, scendere i gradini centrali fino al vialetto di pietra e fermarsi a neanche un metro da me.

Mi si fermò il cuore alla vista di Sutton. Lì. Allo Steele Ranch.

Sbattei le palpebre, ancora una volta, pensando che non fosse vero. Era uguale a come me lo ricordavo. Alto più di un metro e ottanta, ben muscoloso, eppure snello. La prima volta che l'avevo visto sugli spalti al rodeo, mi aveva ricordato un lottatore. Non solo per via del fisico, ma anche del suo atteggiamento. Spigoli vivi e sguardi taglienti. Con i capelli cortissimi, lo sguardo intenso, la mascella pronunciata e l'espressione pensierosa, non era cambiato di una virgola. Ogni centimetro del suo corpo era teso, intenso. Trasudava potere, forza e, allo stesso tempo, calma.

«Cricket,» disse.

Quella voce profonda e famigliare mi fece scorrere un brivido lungo la schiena. Mi si indurirono istintivamente i capezzoli mentre il mio corpo lo riconosceva. Avevo sperato per mesi e mesi di imbattermi in lui, ma lì? In quel momento?

Gli eventi della giornata mi avevano spossata e vedere Sutton mi stava dando il colpo di grazia. Schmidt e Rocky che praticamente mi rapivano e mi portavano al club, credere che sarei stata costretta a spogliarmi, sfuggirgli, scappare, era troppo. Ero una donna semplice. Lavoravo, andavo a scuola. Dormivo, non *facevo* cose. La cosa più folle che mi fosse mai successa era stata ottenere un doppio sconto su un coupon al supermercato.

«Cricket,» ripeté lui, questa volta con voce più profonda, più scura.

Rabbrividii, poi corsi da lui. Mi circondò con le braccia, i miei polsi ammanettati stretti tra di noi. Chiusi gli occhi, inspirai il suo profumo maschile, percepii il battito ritmico del suo cuore. Mi arresi, mi abbandonai. Mi lasciai andare.

4

Sutton

«È arrivato il momento di dirci cosa sta succedendo.»

Dopo averla abbracciata, respirando il suo profumo per convincermi che si trovasse davvero tra le mie braccia, eravamo entrati nel salotto della casa principale prendendo posto sugli ampi divani. Prese le chiavi da Jamison dopo la telefonata di Archer, avevamo sbloccato la serratura prima ancora che loro imboccassero il vialetto. Dal momento che ne Kady né Penny vivevano in quella casa – si erano trasferite entrambe con i loro uomini – rimaneva chiusa tranne che per le cene di gruppo che Penny insisteva a tenere ogni domenica. Sapeva un po' di chiuso con le finestre serrate, ma ci eravamo lasciati la porta d'ingresso aperta alle spalle per far entrare un po' d'aria fresca.

Ci trovavamo nel salotto ed io avevo preso Cricket in braccio, avvolgendola con le braccia e posandole il mento sulla testa. Non aveva accennato alle manette che ancora teneva ai polsi, molto probabilmente perchè era rimasta sconvolta quanto me dal ritrovarci e se n'era dimenticata.

Non mi ero mai aspettato di rivederla, mi ero rassegnato al fatto di aver avuto un weekend con la donna dei miei sogni e basta. Che l'avessi terrorizzata con l'incubo della prima notte in cui eravamo stati da soli e che lei non avesse voluto averci a che fare. Ecco perchè, quando aveva accennato alla sua fantasia di farsi scopare da più uomini in una volta, io ci ero stato. Be', ci ero stato nel senso che avevo organizzato di farlo con Archer e Lee. Non avrei potuto condividerla con nessun altro. Nell'ultimo anno avevo vissuto con i ricordi della sensazione della sua pelle, del suono della sua voce, delle sue carezze, della sua risata.

Adesso era bellissimo averla tra le braccia e respirai il suo profumo. Lo riconobbi come se fosse stato un elemento naturale. Uno shampoo floreale, qualcosa di femminile, qualcosa che era solamente Cricket. Era snella e prosperosa, i muscoli slanciati e le curve morbide non le avevo dimenticate. Non avevo dimenticato nulla che la riguardasse. L'espressione con cui mi guardava era in egual modo di meraviglia, da micina impudente, scolaretta maliziosa e donna tagliente. Adoravo ogni suo aspetto. Era incredibilmente intelligente e aveva un'aria che riconoscevo come quella di una vita vissuta duramente. Le cose non erano state facili per lei – riconoscevo quell'espressione perchè era la mia. Non si era abbattuta, però, aveva affrontato lo schifo col quale doveva essere cresciuta e ci stava riuscendo.

Non avevamo parlato più di tanto quel weekend. Non di nulla di profondo, come per quale cazzo di motivo l'avessi svegliata urlando e dimenandomi, sudato come se avessi corso una maratona, ma non aveva avuto importanza. Diamine, non ci eravamo nemmeno scambiati i cognomi o i numeri di telefono, ma avevo avuto paura a darle il mio. Poi però era stato troppo tardi. Mi aveva privato di quella decisione quando se n'era andata prima dell'alba.

A volte, comunque, non era necessario nulla di tutto quello. I nomi, i dettagli di qualcuno. Io lo sapevo e basta. Lo *sapevo*.

La sua bocca era l'ultima che volessi baciare. I suoi seni erano gli ultimi sui cui volessi posare la bocca. La sua figa, l'ultima che volessi assaggiare, scopare. E se avessi pensato al suo culo... sarei venuto con lei in braccio. Quel weekend era stato-

Quel weekend... cazzo.

Era stato meraviglioso. Incredibile. Folle. E poi poof. Se n'era andata. Letteralmente sparita. E Archer, che era un cazzo di sceriffo, non era nemmeno riuscito a rintracciarla. Ero stato scorbutico come una merda negli ultimi dodici mesi, mentre il mio uccello sentiva la sua mancanza. Così come il mio cuore.

E dal nulla, era semplicemente ricomparsa.

Destino? Coincidenza? Colpo di fortuna?

Non me ne fregava un cazzo di tutte quelle belle parole. Ero la persona meno poetica sulla faccia della Terra. Quella era più una caratteristica di Jamison, il capo del ranch, piuttosto che mia. Io ero un tipo diretto. Sfacciato. Ma con Cricket, sembrava non fossi stato abbastanza spudorato. Se lo fossi stato, non sarebbe scappata prima dell'alba scomparendo. Avrebbe saputo che me l'ero rivendicata, che i miei due migliori amici non l'avevano nemmeno vista, ma volevano tenerla con sé anche loro. Che anche se non fossi stato in grado di condividere un letto con lei la notte per via del mio disturbo da stress post-traumatico, Archer e Lee l'avrebbero facilmente potuta tenere al caldo.

Ma no, avevo rovinato tutto.

Non avrei permesso che succedesse di nuovo. Non ero quello che chiunque nel settore avrebbe chiamato un vero

Dominatore. Non mi ero allenato duramente per esserlo, ma ero più che autoritario in camera da letto e volevo che la mia partner si sottomettesse. Cricket l'aveva fatto in una maniera bellissima perchè era ciò che aveva voluto fare. Non solo per una notte di giochetti, ma sul serio. Cedere il controllo, i propri pensieri, il proprio piacere a me. E ad Archer e Lee. Mi aveva assecondato per tutto il weekend. Ne ero certo. Da allora non avevo mai dubitato della sua sottomissione nemmeno per un momento.

Una volta scoperto il motivo per cui Archer avesse pensato fosse meglio ammanettarla, perchè fosse andata abbastanza veloce da farsi fermare dalla polizia, perchè lui mi avesse detto che aveva paura di qualcosa, avremmo chiarito le cose. Le avremmo fatto sentire quale era la verità, gliel'avremmo fatta sapere, percepire. Lei era lì e non se ne sarebbe andata da nessuna parte.

«Cricket,» ripetei, questa volta con lo stesso tono profondo al quale aveva risposto tanto bene in passato. La *conoscevo*, nel profondo. Ma non sapevo le cose di tutti i giorni, che cosa la stesse affliggendo in quel momento.

Lei scosse la testa contro il mio petto.

Lanciai un'occhiata a Lee che se ne stava seduto sul tavolino da caffè di fronte a noi, i gomiti appoggiati sulle cosce, a guardarla e basta.

«Non capisco perchè sei qui,» disse finalmente lei, voltando la testa verso il mio amico. «E chi sei.»

«Io mi chiamo Lee, piccola.» Allungò una mano e gliela posò sul ginocchio, facendo scorrere il pollice avanti e indietro. Fece seguire a quel gesto il suo classico ghigno personale. «Probabilmente non mi riconosci dal momento che era buio nella stanza d'hotel di Sutton e che era proprio quello il punto, ma potresti farlo se ti infilassi di nuovo il cazzo dentro la fica.»

Lei si irrigidì tra le mie braccia. Non ero sicuro se avessi dovuto uccidere Lee o ringraziarlo. «Archer e Lee sono gli uomini che ti hanno condivisa quella notte,» chiarii prima che pensasse che Lee fosse un cazzo di pervertito.

Archer si avvicinò, piazzandosi dietro al tavolino da caffè, a braccia incrociate.

«Oddio,» sussurrò lei. Sollevò la testa e immaginai stesse guardando Archer. «Lo sapevi quando mi hai fatta accostare?»

Lui scosse la testa. «No. Non fino a quando non mi hai detto di chiamarti Cricket. Ho chiamato Sutton per avere conferma.»

«Non ci sono poi così tante Cricket nei paraggi,» aggiunse Lee.

Io mi spostai così da riuscire a sollevarle il mento, per farle scorrere un pollice sopra la cicatrice da varicella sul lato della sua guancia che mi era tanto famigliare. «Questa me la ricordo... così come altre cose di te,» dissi.

Il suo sguardo incrociò il mio e, benché i suoi occhi scuri fossero carichi di confusione, li trovai calmi. Felici, forse?

«Come il modo in cui ti piace farti accarezzare i capelli.» Sollevai la mano, facendole scorrere le dita tra le lunghe ciocche e ricordandomi di come erano stati raccolti in una coda liscia quando l'avevo incontrata per la prima volta al rodeo. «Il modo in cui mi hai sorriso dall'altra parte dell'arena e mi hai reso impossibile guardare qualunque altra donna.»

Lei trasse un brusco respiro improvviso e fece cadere lo sguardo sulle mie labbra.

«Il tuo sapore,» proseguii io, facendole scorrere il pollice sul labbro inferiore carnoso.

Lei fece saettare fuori la lingua e me lo leccò. Il mio cazzo si indurì all'istante.

«E più in basso,» aggiunsi, facendo scivolare il dito dentro la sua bocca così che lei me lo succhiasse, facendoci passare la lingua attorno come se si trattasse della punta del mio uccello.

Ritrassi la mano, incerto di poter resistere ad altri promemoria di quanto fosse abile in ginocchio. Mi facevano male i testicoli per il desiderio di affondare dentro di lei e i pantaloni mi stavano praticamente strangolando l'uccello.

«Te lo ricordi anche tu?» le chiesi.

Lei chiuse gli occhi, annuendo. Aveva le labbra ancora dischiuse, il respiro mozzato. Non era indifferente, il che mi dava speranza.

«Ti ricordi quando hai cavalcato il mio uccello?» le chiese Lee. «Sei la miglior cowgirl che abbia mai visto. Sei durata in sella ben più di otto secondi.»

Quella battuta era vecchia e squallida, ma di certo servì a tirare su il morale.

«E io? Ti ricordi di me?» aggiunse Archer, guardandola con occhi scuri. Poteva indossare l'uniforme, ma non era in servizio. No, le stava parlando da uomo.

«Tu non ti chiami Wade?» chiese lei.

Archer si lanciò un'occhiata sul petto, notando la propria targhetta. «Sì. Archer Wade. E io mi ricordo di te. Sono stato quello che ti ha scopato da dietro, prendendosi quella verginità, facendoti venire così forte, non è vero?»

Le sfuggì un gemito e si agitò in braccio a me. Oh, sì, se lo ricordava.

Ma non era il momento di tutte quelle cose. Baciarla, toccarla, amarla. Scoparla. No, c'erano alcune cose che dovevamo sapere prima.

La feci alzare così che si trovasse in piedi tra me e Lee. Indossava un paio di jeans e una maglietta. Scarpe da ginnastica. Nulla di lussuoso, ma per me era perfetta. Comunque, sarebbe stata ancora più bella nuda.

Presto.

Archer si spostò verso la parete, premendo un interruttore così che le luci incassate sul soffitto illuminassero il salotto ora che cominciava a fare buio. Si lasciò cadere sul divano accanto a me.

«Cosa ci fai qui, Cricket?» le chiesi.

Lei mi guardò, vidi la paura sgranarle gli occhi, poi sollevò il mento come se si fosse fatta coraggio. Non ero sicuro se avesse paura di me o di qualcos'altro. Ad ogni modo, apprezzavo la sua onestà, anche se lei non si rendeva conto di dimostrarla.

«Sono... questa è casa mia. L'ho ereditata.» Le sue parole si fecero più sicure man mano che proseguiva.

Io, Archer e Lee ci raggelammo tutti, fissandola. Cosa?

«*Sei tu* una delle figlie di Aiden Steele?» domandai. Se mi avesse detto di essere stata uno dei clown al rodeo di Poulson, non sarei stato più sorpreso.

Lei scosse leggermente le spalle esili, chiaramente insicura se io pensassi che fosse un bene o un male. «Ho ricevuto una lettera la scorsa settimana che diceva che lo ero.»

«Non l'hai mai saputo?» chiese Lee, la voce un misto di sorpresa e dubbio. Era un po' difficile immaginare che qualcuno non sapesse chi fosse suo padre, specialmente qualcuno che viveva solamente a poche ore di distanza. Ma nemmeno Kady o Penny l'avevano saputo.

Lee era il più allegro e spensierato di noi tre. Essere un cavalcatore di tori professionista voleva dire che faceva sul serio quando si trovava in groppa a un toro, ma a parte quello, era tutto sorrisi e risate facili. Non aveva visto lo schifo che mi ero trovato di fronte io durante gli anni da militare, non aveva vissuto l'inferno per poi tornare alla vita di tutti i giorni. Non doveva avere a che fare con persone di merda e criminali ogni giorno, come Archer. Un toro poteva prendersela con lui per avergli legato le palle ed essergli saltato in groppa, ma non gli avrebbe mai risposto male. E una volta terminati gli otto secondi, la lotta era finita. Niente pistole, niente cattivi. Nessun cazzo di ordigno esplosivo a bordo strada. Niente incubi.

Lei voltò la testa verso di lui. «Non conosco nessuno dei miei genitori. Mia madre mi ha abbandonata quando avevo due mesi. Sono stata in affidamento fino ai diciott'anni, quando ho superato la maggiore età.»

Se il suo certificato di nascita avesse riportato davvero il nome di Aiden Steele come quello di suo padre, la cosa avrebbe reso il lavoro di Riley come esecutore testamentario della proprietà molto più semplice. Sarebbe stata facile da trovare. Invece, ci erano voluti più di sei mesi, mi pare, perchè gli investigatori che aveva assunto ci riuscissero. Mi immaginai una Cricket più giovane in orfanotrofio, senza mai avere dei veri genitori, senza mai provare l'affetto di una mamma e un papà.

Lanciai un'occhiata ad Archer e lui capì esattamente cosa stessi pensando. Essendo amici da molto tempo, a volte non avevamo bisogno di parole. Estrasse il cellulare e cominciò a scrivere un messaggio. Riley doveva sapere che si trovava al ranch.

«Che cosa ci fate *voi* qui?» mi chiese lei.

Io sollevai una mano, facendogliela scorrere lungo la schiena sentendo la colonna vertebrale in rilievo. «Io ci lavoro. Addestro i cavalli.»

«E io sto facendo una pausa tra un rodeo e l'altro. Sono amico di Archer e Sutton. Migliore amico come mi definirebbero le signore. Ho un appartamento a Sheridan, ma tengo il mio cavallo qui e spesso dormo nella baracca. Specialmente tra una competizione e l'altra,» aggiunse Lee.

«Il mio lavoro lo conosci e, come ha detto Lee, questi due sono miei amici,» disse Archer, rimettendosi il cellulare in tasca. «Ho chiamato Sutton quando mi sono portato il tuo documento nel SUV. Avevo bisogno di avere conferma che fossi *quella* Cricket.»

«Si tratta di *un'enorme* coincidenza, dunque?» domandò lei.

Io feci spallucce. «Puoi chiamarla così.» Destino. Decisamente destino.

«Cos'è che ti ha spaventata tanto?» chiese Archer, la voce che assumeva un tono autoritario.

Lei si irrigidì, come fosse stata colpita con un Taser, e strinse le labbra.

«Diccelo, piccola,» mormorai io, cercando di mantenere un equilibrio tra il farci raccontare tutto e il non spaventarla.

«È per questo che sono ancora in manette?» chiese lei, porgendole ad Archer.

«Ti ho detto mentre venivamo qui che sei stata tu a volerle. Ti fa sentire meglio, non è così?»

«Cosa? Stare in manette?» sbuffò lei.

Io scossi la testa. «No, sapere che Archer aveva il controllo. Che non avresti potuto fare altro che lasciare che fosse lui a prendere le decisioni. È lo stesso con noi, adesso, come lo è stato quella notte. L'intero weekend con me. Condividi con noi i tuoi problemi, piccola.»

Lei si morse un labbro, abbassando lo sguardo verso terra.

Io lanciai un'occhiata a Lee che scosse leggermente le spalle. Doveva trattarsi di qualcosa di serio. Da ciò che sapevo di Cricket, non era una a cui piaceva fare sceneggiate. Diceva le cose in faccia senza farsi problemi. Se qualcosa non andava, abbastanza da *chiedere* ad Archer di arrestarla, allora si trattava di qualcosa di grosso.

«Non hai intenzione di dircelo?»

Il suo sguardo scuro saettò su di me.

«Ultima chance,» aggiunsi.

Lei sgranò gli occhi e fece un passo indietro, ma io le feci passare una mano attorno alla vita e presi la sua, poi la strattonai così da farla piegare sulle mie gambe, con la pancia sul divano. Aveva la testa vicino ad Archer, che le prese la catenella che collegava le manette.

«Che state facendo?» chiese, cercando di scendermi di dosso, dimenandosi e agitandosi come un pesce all'amo. Io le bloccai le caviglie con un piede.

Lee mi lanciò un'occhiata, poi portò una mano ai jeans di lei, slacciandoli e calandoglieli sui fianchi assieme alle mutandine. Li fermò a metà coscia, tenendole le gambe ferme l'una contro l'altra.

«Qual è la tua parola di sicurezza, piccola?»

5

Sutton

A quel punto Cricket si immobilizzò, rendendosi conto che non ci stavamo approfittando di lei. Non l'avrei mai costretta a farsi sculacciare, a spogliarsi, nemmeno in parte.

Piuttosto, la stavamo dominando, proprio come avevamo fatto l'estate scorsa. Con la domanda della parola di sicurezza, era lei ad avere il controllo. Aveva lei tutto il potere. L'avremmo fatta alzare, le avremmo sistemato i jeans e le avremmo preparato della fottuta cioccolata calda se fosse stato ciò che voleva. Ci avrebbe raccontato tutto, col tempo, ma quello era il metodo più veloce. Era ciò che desiderava. Si era messa all'angolo da sola e aveva bisogno che noi la costringessimo a parlarci. Era una cosa confusa e difficile da cogliere, ma era ciò di cui aveva bisogno.

«Rosso,» borbottò lei.

Io le accarezzai la pelle cremosa delle natiche. Era calda,

morbida come la seta e bellissima esattamente come me la ricordavo.

«Brava ragazza,» mormorai. Sì, era ciò che voleva. L'estate prima, non ci eravamo inventati chissà quali parole di sicurezza sofisticate, ma ci eravamo attenuti alle basi. «Volevi che Archer assumesse il controllo e lui non l'ha ancora ceduto. Tu dì "rosso" e noi ti lasceremo alzare.»

Lei si lanciò un'occhiata alle spalle per guardarmi. Io vi colsi la vivacità, la sorpresa, così come la necessità.

Aveva le guance arrossate, i capelli tutti aggrovigliati attorno al viso.

«Vuoi dire rosso?» le chiesi, in attesa, concedendole un'ultima occasione.

Dal modo in cui mi fissava, riuscivo a capire che stava riflettendo, intensamente. Archer e Lee erano in silenzio, che attendevano pazientemente. Il cuore mi batteva forte nel petto mentre mi chiedevo se avremmo avuto lo stesso legame dopo un anno.

«No.»

Sospirai tra me. Grazie al cielo.

«La domanda è, cos'è che ti ha fatta correre via spaventata? Rispondi quando sei pronta.»

Cominciai a sculacciarla, non poi così forte, solo un riscaldamento, prima una natica e poi l'altra. La sua pelle oscillava sotto la mia mano, la pelle che diventava subito rossa. Il suono delle sculacciate riempiva la stanza. Lei teneva la testa voltata verso lo schienale del divano ed io riuscivo a vedere le sue espressioni. Aveva gli occhi chiusi, il volto contratto in una smorfia. Le guance erano arrossate mentre cercava di trattenere il fiato, ma man mano che io andavo avanti, cominciò ad ansimare.

«Chi ha il controllo, piccola?» le chiesi.

Quando non mi rispose, la sculacciai di nuovo, un po' più forte. Lei sussultò, sibilò, poi gridò, «Tu!»

Le placai il bruciore della pelle arrossata con il palmo della mano, sentendone il calore.

«Esatto. Io, insieme ad Archer e Lee, fino a quando non dirai la parola di sicurezza. Ciò significa che non hai alcun problema. Alcuna preoccupazione. Le passi tutte a noi.»

Lei scosse la testa. Donna testarda, *testardissima*! La sculacciai di nuovo.

Le sfuggì un singhiozzo mentre stringeva le mani a pugno.

Io abbassai il palmo ancora una volta. Mi si accasciò in grembo e pianse.

Finalmente. Cazzo, odiavo sculacciare a quel modo. Mi andavano più che bene un po' di giochini, specialmente durante il sesso, ma quello? Doveva arrendersi. Non c'era nulla che potesse dire che i suoi uomini non sarebbero stati in grado di sostenere. Un poliziotto, un Marine e un tipo abbastanza folle da saltare in groppa a un toro erano lì per proteggerla, anche se avesse significato proteggerla da se stessa.

Archer lasciò andare la presa sulle manette e Lee le ritirò su i vestiti, prendendola tra le braccia e sistemandosela delicatamente in grembo. Le mise una mano sui capelli, scostandoglieli dal viso e chinandosi per sussurrarle all'orecchio. Non riuscii a sentire le sue parole, ma il suo pianto diminuì, anche se non smise del tutto.

Cazzo, odiavo vederla piangere. Digrignai i denti al solo vederla così turbata.

Aspettammo che tirasse fuori tutto, che le lacrime finissero. Quando cessarono, Lee assunse il comando. A lui non piaceva sculacciare; non faceva per lui. Ero io il Dominante fra i tre, ma sapevo che non le avrebbe permesso di alzarsi senza averci detto cosa stava accadendo.

«Ti senti meglio?» le chiese. Lei annuì, girando il volto contro il suo petto. «Ehi, non ti asciugare il muco su di me.»

Lei rise, poi tirò su col naso. «Scusa,» mormorò.

«No, non lo dici sul serio,» replicò Lee, la bocca che si increspava in un sorriso. «Okay, piccola. Cosa c'è di così brutto da farti rovinare la mia camicia?»

«Io... ho fatto un casino.»

«Facciamo tutti dei casini,» rispose lui. «Sutton ha fatto un casino quando non ti ha chiesto il numero.»

Serrai la mascella, ma rimasi in silenzio.

Lei trasse un respiro profondo, tirando di nuovo su col naso.

«Piccola, non farti mettere di nuovo sulle ginocchia di Sutton,» proseguì Lee.

«Ho preso in prestito dei soldi dalla persona sbagliata,» disse lei, in tono di sconfitta.

Io sollevai lo sguardo su Lee. I suoi occhi erano di un azzurro chiaro e aveva delle rughe agli angoli per via della sua perenne, maledetta felicità, ma il sorriso gli svanì dal volto a quelle parole. Assottigliò lo sguardo.

«Dovevo aggiustare la macchina e dovevo usare i soldi dei miei studi per eseguire il lavoro. Non ci sarebbe stato altro modo per continuare a seguire le lezioni. Per cui ho sistemato l'auto e ho preso in prestito i soldi per gli studi. *Lo* studio, un semestre, tutto qui. Faccio due lavori, per cui non posso richiedere sussidi finanziari e ci sto mettendo una vita a prendere la laurea, ma questa storia della macchina ha mandato tutto all'aria.»

Aveva qualche anno in più dello studente medio al college. Archer aveva detto che aveva venticinque anni. Stando a quanto aveva detto, aveva lavorato come un mulo per mantenersi da sola.

Kady, la prima delle ereditiere Steele a presentarsi al ranch, era stata cresciuta da una famiglia, sua madre e un uomo che lei aveva sposato e che Kady aveva pensato fosse suo padre. Dal modo in cui parlava di loro, sembravano davvero delle brave persone e avevano messo da parte dei soldi per mandarla al college prima di morire. E Penny, l'altra donna ad ereditare il patrimonio, la sua famiglia era ricca e le aveva pagato il college, perfino un Master, ma solamente per il ritorno personale lavorativo della madre, non perchè Penny avesse realmente desiderato diventare una geoscienziata del substrato. Avevo conosciuto Nancy Vandervelk il mese scorso, avevo sentito di come avesse sfruttato il bisogno di affetto di Penny contro di lei – ed era una stronza dal cuore di pietra. Ma quella era un'altra storia.

Cricket si mise a sedere, guardandoci tutti. Il suo volto, anche se chiazzato di rosso, era serio.

«L'ho ripagato. Tutti i soldi più gli interessi anche,» ci disse, le parole quasi disperate. Era chiaro che per lei fosse molto importante cavarsela da sola. «Non ho intenzione di restare in debito con nessuno. Ma lui ha detto che gli dovevo di più. Interesse composto. Io non ho duemila dollari.»

«Duemila bigliettoni?» esclamò Archer, passandosi una mano sulla nuca. Era furioso, ma era bravo a nasconderlo. Dal modo in cui serrava la mascella, sapevo che era pronto ad andare a rintracciare quel bastardo.

Lei sospirò pesantemente. «Sono venuti a casa mia oggi, mi hanno fatto andare a questo strip club, per ripagare i soldi sul palco. Mi ha perfino detto che avrei potuto ripagarlo più in fretta concedendo dei balli privati, che erano tutto meno che *balli*.»

Archer si alzò, cominciando a fare avanti e indietro.

Cazzo, il pensiero di Cricket obbligata a ballare per degli estranei... cazzo. Se avesse voluto fare un po' di strip tease, perfino una lap dance, sarebbe stato tutto per gioco e l'avrebbe fatto con noi. Nessun altro l'avrebbe mai vista così. «Ti hanno fatto del male? Ti hanno costretta a-»

Lei scosse la testa. «No. Non in quel momento, ma dovevo indossare uno squallido costume da infermiera e spogliarmi.» Sputò quelle parole lasciando trapelare la propria rabbia. «*Decisamente* non sarebbe successo. Hanno minacciato di... be', lo potete immaginare.» Sollevò la testa per guardare Lee. «Non ho *mai* fatto uno spogliarello prima d'ora. E per quanto riguarda noi, so che quello che abbiamo fatto la scorsa estate è stato decisamente selvaggio e molto spinto, ma io non sono così, almeno non con chiunque altro. Non lo sono,» giurò, come se fosse cruciale che comprendessimo quel punto.

«Sshh,» la tranquillizzò Lee, prendendole il viso tra le mani. «Certo che non lo sei. Non lo abbiamo mai pensato. Diamine, piccola, se ci avessi lasciato il tuo numero di telefono, avresti saputo quanto ti desideravamo, quanto quella notte non ci fosse bastata. Quanto ti desideriamo ancora.»

Lei spalancò la bocca e sgranò gli occhi. Merda, aveva pensato che l'avessimo desiderata solamente per quel weekend, per un'avventura.

«Davvero?»

«Davvero,» confermò Archer mentre tornava a sedersi, assicurandosi che sapesse che la pensavamo tutti allo stesso modo. «Io e Lee non ti abbiamo mai nemmeno vista in faccia. Ti desideriamo da allora. È solo che non sono riuscito a trovarti.»

Le lacrime presero a scenderle lungo le guance mentre Lee abbassava le mani, ma era serena.

«Perchè te ne sei andata?» le chiesi. «Perchè non ci hai almeno salutati?»

«Avevo il mio turno in clinica all'ospedale. Ho fatto il periodo di ambulatorio durante l'estate. Per ricevere i crediti scolastici, dovevo frequentare un certo numero di turni. Mi ero aspettata di restare a Poulson solamente per il rodeo, ma voi... avete cambiato i miei piani. Non potevo darmi malata. Dovevo andare e sono dovuta partire presto per arrivare in tempo.»

«Anche se non fossi stata interessata ad avere di più con nessuno di noi, potevi comunque almeno salutare,» disse Sutton.

Lei abbassò lo sguardo, evitando il suo. «Hai ragione. Ma... immagino non volessi sentirmi dire che "era stata una bella sveltina, però ciao".»

«Dunque, te ne sei andata per prima, presumendo che noi volessimo solamente una bella scopata?» domandò Archer.

«Be'... sì. Insomma, ci siamo conosciuti ad un rodeo.» Si leccò le labbra e sollevò lo sguardo su di me. «Ci conoscevamo a malapena. Ho fatto cose con tutti e tre.»

Io sogghignai, ricordandomi tutte le cose che avevamo fatto. Tutti e tre. Riuscivo a capire, comunque, come avesse potuto giungere a certe conclusioni.

«Abbiamo pensato che ci avessi semplicemente usati,» aggiunse Lee. Le sue parole dure furono addolcite da un sorriso malizioso e un occhiolino. «Ora che sei qui, puoi decisamente *usarci* di nuovo.»

«Ti vogliamo, Cricket,» le dissi io, mettendo in chiaro la cosa. «Non solo per una notte. Ora che sei qui, voglio provarci di nuovo.»

«Sì,» confermò Archer.

«Cazzo, sì,» concluse Lee.

Non poteva non conoscere le nostre intenzioni adesso. Diamine, l'avevamo appena sculacciata, fornendole lo sfogo che le serviva per raccontarci i suoi problemi. Eravamo andati fuori tema, però, per cui le chiesi, «Non ce l'hai detto con esattezza, ma stasera, ti hanno obbligata a spogliarti?»

Non sapevo chi fosse quel bastardo, ma quando l'avessi scoperto..

Lei scosse la testa, agitando i capelli. «No. Io... sono uscita da una finestra del bagno prima che arrivasse il mio turno.»

Era uscita da una finestra?

«Ecco perchè andavi oltre il limite,» disse Archer, riflettendo a voce alta.

«Sono uscita dalla finestra perchè altrimenti non mi avrebbero lasciata andare. Per cui, sì, stavo andando oltre il limite perché pensavo che mi stessero inseguendo. Non te l'ho detto là a bordo strada perchè mi hanno detto di non farlo.» A quel punto le tremò il labbro inferiore. L'idea che qualcuno si approfittasse di lei in una maniera simile, svalutandola al punto da metterle paura nel parlare ad un cazzo di sceriffo, mi faceva vedere rosso.

«Stavi venendo qui allo Steele Ranch,» aggiunse Archer, dandomi un secondo o due per prendere fiato, per cercare di placare la mia necessità di uccidere. Quando lei annuì, lui proseguì, «Se sapevi di questo posto, della tua eredità, perchè non hai dato loro i soldi? O non ti sei messa in contatto con Riley Townsend per raccontargli il problema? Li avrebbe pagati lui.»

Aveva lo sguardo furioso, la rabbia era tornata. Così andava meglio. Non riuscivo a sopportare di vedere una donna piangere. E Cricket. Mi distruggeva. Così come sentire la sua storia. Mentre io e Lee eravamo con i cavalli poche ore prima, lei era dovuta uscire da una cazzo di finestra di uno strip club. Da sola. Nonostante non sapessimo minimamente dove si trovasse, mi sentivo come se avremmo dovuto essere là. Sembrava esserla cavata da sola e che fosse in grado di continuare a farlo, ma perchè? Specialmente con quegli stronzi. Aveva bisogno di rinforzi. Di quelli grandi e grossi.

«Ho ricevuto la lettera dell'avvocato solamente la scorsa settimana e a quel punto l'avevo già ripagato. Avevo pensato, fino a questo pomeriggio, di non dover più avere a che fare con quel prestito e con quel tizio. Non gli ho detto della mia eredità perchè non volevo che sapesse di tutto questo. Se stava cercando di... farmi fare uno spogliarello per duemila dollari, non so cosa avrebbe fatto per un intero ranch.»

Sollevò le braccia per indicare la casa, facendo tintinnare le manette. Archer allungò una mano, le afferrò un polso, prese la chiave e la liberò. Una volta tolte le manette le massaggiò i polsi, assicurandosi che il metallo non le avesse segnato la pelle.

«Hai ragione. Non sono minimamente affari suoi,» disse, sollevandole i polsi e portandoseli alla bocca, baciandoli. «Mossa astuta, tenere segreti i soldi. Per fuggire e venire qui.»

«È vero. Sei una così brava ragazza,» mormorai io, impressionato dal fatto che la mia voce risultasse calma quando a malapena riuscivo a controllarmi. «Non sei da sola in questa storia. Non più.»

Chiunque fosse quel bastardo, l'avrei fatto fuori. Probabilmente era una bene che uno degli uomini di Cricket – uno di noi – fosse della polizia, altrimenti ci sarebbe stato un cadavere sepolto sulla proprietà degli Steele piuttosto che un malvivente presto dietro le sbarre.

«Esatto. Ce ne occuperemo noi,» aggiunse Archer. Nonostante sapessi che intendeva scoprire i dettagli di questo tizio e farlo arrestare dalla polizia locale, lo sguardo sul suo volto e il tono cupo della sua voce mi fecero pensare che piuttosto avrebbe potuto tenermi la pala. «Non devi preoccuparti di nulla.»

Lee rise. «Non hai sentito, piccola? Sutton ha ucciso l'ultimo bastardo che si è messo sulle tracce di una delle ereditiere Steele. E si trovava di Kady, che appartiene a Cord e Riley. Immagina che diavolo farebbe per te.»

Cricket mi fissò con occhi sgranati. Avevo ucciso il mercenario che era stato mandato ad assassinare Kady. Era stato assoldato dal marito della sorella drogata di Kady, che aveva complottato alle sue spalle sapendo *tutto* dell'eredità ed essendo un avido bastardo che voleva tutto per sé, usando la sorella e il suo carattere debole per cercare di ottenerlo. Questo tizio? Questo bastardo che voleva costringere la mia donna a spogliarsi? Se si fosse presentato al ranch, non gli avrei semplicemente conficcato un proiettile nel cuore.

Mi chinai, posando le labbra sulle sue. Delicato, casto. Un bacio breve. «Farò qualsiasi cosa per te.»

6

EE

Cristo santo.

Era qui. Cricket si trovava tra di noi, a baciare Sutton. E non era tutto. Era una delle figlie perdute di Aiden Steele. Sarei dovuto andare a comprare un fottuto biglietto della lotteria. Quante probabilità c'erano? Sebbene non l'avessi mai detto a Sutton o ad Archer, non mi ero mai aspettato di rivedere Cricket. Non dopo la nottata di follie che avevamo condiviso, il weekend che aveva passato con Sutton. Era scappata via, chiaramente non voleva nulla di serio.

Non ne ero stato felice. Diamine, era stata la nottata più bella e folle della mia vita. Condividere una donna con i miei due migliori amici non era mai stata una cosa che avessi preso in considerazione prima di allora, ma in quel momento, era tutto ciò che riuscivo ad immaginare. Non una donna qualunque, ma Cricket. E così non mi ero permesso di trovare piacere altrove sin da allora.

Frequentare il rodeo significava avere donne che mi si gettavano addosso, assieme alle loro mutandine, da ogni parte. Erano tutte bellissime e impazienti di farsi scopare, ma nessuna mi sarebbe andata bene. Solamente Cricket, e non sapevo neppure che aspetto avesse.

Ora, dopo averla tenuta in grembo, averla sentita, averla vista, mi resi semplicemente conto di aver sempre avuto ragione. Era lei la donna che volevo. E guardare Sutton baciarla mentre lei gli intrecciava le dita tra i capelli avrebbe dovuto ingelosirmi da morire. E invece no. Mi eccitava. Abbassai una mano, sistemandomi l'uccello nei jeans. Sapevo che Sutton la stava preparando per me e Archer con quei baci. Lei li voleva, voleva tutti noi. Non lo stava respingendo. Sarebbe presto toccato a noi e ci saremmo spinti fino a dove lei ci avrebbe permesso.

A vederla così, benché avesse decisamente passato una serata difficile, era bellissima. Aveva i capelli neri, gli occhi quasi altrettanto scuri. La sua statura era nella media, ma quella era l'unica cosa *nella media* che possedesse. Seni pieni e sodi, vita sottile, fianchi e culo floridi. Tutto quello me lo ricordavo. Ogni singolo centimetro del suo corpo. Ma sentirla parlare, le cose che non aveva effettivamente detto, ma che si potevano dedurre piuttosto facilmente, dimostravano che aveva le palle. Grandi palle da toro per affrontare la vita da sola. Due lavori. Il college, una lezione per volta. Aveva una determinazione che riconoscevo. Io non avevo avuto interesse per nessuna istruzione che superasse il liceo, ma mi ero deciso a fare carriera come cavalcatore di tori e l'avevo fatto. Con sudore e ossa rotte, fegato e una fottuta determinazione, ero arrivato dove mi trovavo in quel momento.

Non sarei mai stato milionario, ma avevo abbastanza. Si trattava solo di soldi, però.

Mi ero stancato delle groupie da rodeo molto tempo

prima, prima perfino della notte con Cricket. Volevo una connessione, un legame talmente profondo con una donna da non poter essere spezzato. Guardare Cord e Riley con Kady e Jamison e Boone con Penny mi aveva fatto desiderare la stessa cosa. Avevo sognato di averlo con Cricket e adesso, speravo, stavamo per ottenerlo.

Non l'avremmo lasciata andare. Sapevo che Archer avrebbe utilizzato di nuovo le manette se fosse stato necessario. Sutton ci teneva molto al consenso quando si trattava delle cose che facevamo con lei, e per quanto di solito io non mi spingessi a tali estremi, non scopavo senza averlo, quello era certo, diamine. Ma l'avremmo tenuta lì – su un ranch che possedeva, cazzo – fino a quando non ce l'avesse concesso.

Quella sculacciata; lei era stata d'accordo, inconsciamente se non altro, sapendo di averne bisogno, di aver bisogno che Sutton le fornisse un modo per raccontargli i propri segreti. Aveva desiderato che lui la spingesse a parlare. E aveva funzionato.

Le manette che Archer le aveva messo; cavolo, il fatto che l'avesse ammanettata tenendole le braccia davanti era un chiaro segno che fosse stata lei a volerlo. Sì, aveva desiderato che i suoi uomini si prendessero cura di lei. Praticamente l'aveva urlato in silenzio.

E adesso si cominciava. Cricket gemette e si agitò in braccio a Sutton mentre continuavano a baciarsi. Passò presto da ragazza docile a tigre. Era il momento di unirsi al divertimento. Spostandomi così da mettere un ginocchio sul cuscino accanto a loro, arricciai le dita nell'orlo della sua maglietta e lentamente la sollevai, sfiorandole la pelle liscia con le nocche.

Archer mi aiutò dall'altro lato e Sutton si scostò dal bacio quel poco che bastava per permetterci di farle passare la maglia sulla testa e sulle braccia alzate.

Gemetti alla vista del suo reggiseno nero di pizzo. Non

era pregiato, ma era delicato e femminile e, be', lo indossava Cricket. Sarebbe stata sexy anche con indosso una gualdrappa. Diamine, l'idea di lei con indosso *solo* una gualdrappa mi fece immaginare una sveltina selvaggia nelle stalle. Magari facendola piegare a novanta su una rastrelliera bassa o inginocchiata su una balla di fieno. Cazzo.

Le dita abili di Archer le slacciarono i gancini del reggiseno che le scivolò lungo le braccia.

Sutton si ritrasse nuovamente dal bacio e rimase semplicemente a fissare il suo corpo perfetto. Aveva il respiro pesante, ma anche lei. E cavolo come le si alzavano e abbassavano i seni ad ogni ansito, con i bellissimi capezzoli duri. Aveva le guance arrossate – e non per aver pianto – gli occhi offuscati e le labbra rosse e gonfie.

«Vuoi di più?» chiese lui.

Lei non prese tempo, si limitò ad annuire.

«Dobbiamo sentirtelo dire, piccola.»

«Di più,» disse lei, la voce più profonda, tremante.

Sutton le accarezzò la guancia con le nocche, scendendo lungo il collo e girando attorno alla curva del suo seno. Le venne la pelle d'oca sul colorito pallido.

«Ti ricordo, piccola, che ci sono tre uomini che ti vogliono,» disse Sutton, sollevando lo sguardo dal punto in cui le sue dita rozze e inasprite dal lavoro facevano contrasto con il seno cremoso e florido di lei, posandolo sul suo. «Non vuoi che Archer o Lee restino tagliati fuori, vero?»

Lei guardò Archer, poi me, gli occhi un magnifico turbinio offuscato. I suoi denti dritti le tormentavano il labbro inferiore mentre rifletteva. A seno nudo e in braccio a Sutton, dubitavo che stesse pensando di rifiutarci; l'avrebbe già fatto a quel punto.

Eppure, restammo in attesa.

«No. Vi voglio tutti,» disse infine. Il suo sguardo era sicuro, le sue intenzioni – e il suo consenso – palesi.

Grazie al cielo. Non pensavo che il mio uccello l'avrebbe sopportato se avesse detto diversamente. Mi sarei dovuto fare una sega sotto una doccia fredda e non sarebbe stato divertente quanto venire a fondo in una fica bagnata e disponibile. La *sua* fica.

Sutton la sollevò, poi la posò sul tavolino da caffè di fronte a sé. Con una mano tra i suoi seni, la spinse lentamente sulla schiena. Io mi spostai da un lato, Archer dall'altro e Sutton rimase tra le sue gambe.

Tutti e tre ci inginocchiammo nello stesso momento, Sutton per farle scorrere nuovamente i jeans e le mutandine sui fianchi, questa volta senza fermarsi fino a quando non furono a terra, togliendole anche le scarpe e le calze.

Archer le scostò i capelli dal viso, si chinò fino a che i loro nasi praticamente si sfiorarono e poi la baciò. Dal momento che era distratta, Sutton la prese per le caviglie, le posò i piedi sul bordo del tavolino e li allargò. Cazzo, solo guardarli giocare con lei – e lei che volontariamente lo permetteva – era eccitantissimo. Nuda e distesa sul tavolino basso, era bellissima. Non era magrissima. No, aveva delle curve perfette con dei muscoli tonici. I suoi seni – come ricordavo – riempivano alla grande le mani con dei piccoli capezzoli rosa. Il suo ventre aveva una leggera curva, un ombelico sporgente che trascinava il mio sguardo verso il basso. I peli scuri tra le cosce, da ciò che riuscivo a vedere con la testa di Sutton a coprirmi la visuale, erano scuri e depilati in una singola striscia centrale.

Lei gemette nella bocca di Archer mentre inarcava la schiena, spingendo i seni verso l'alto in un invito. Il mio uccello non poteva più sopportare quella tortura, per cui mi slacciai i jeans per dargli spazio, poi mi chinai in avanti e presi un capezzolo in bocca e l'altro nella mano. La sua pelle era così calda, morbida, dal profumo dolce. Le feci scorrere addosso la lingua, sentendo la punta del capezzolo indurirsi ancora di più.

Un sussulto strozzato riempì la stanza ed io sollevai lo sguardo, vidi che Archer aveva alzato la testa e stava sogghignando a Cricket, guardandola rispondere al mio tocco, alla bocca di Sutton.

La sua mano mi si posò sulla schiena con un colpo per poi scorrermi fino al collo e intrecciarsi ai miei capelli, tirandoli e poi attirandomi più vicino.

«Sto per... oddio, sto per venire.»

«Brava ragazza,» mormorò Archer.

Io tolsi la mano dal suo seno e lasciai che ci giocasse Archer. I suoi tre uomini la stavano toccando, portandola al piacere che desiderava. Era così fottutamente incredibile vederla in quel modo, così passionale, così disinibita. Perfino dopo un anno distanti, si fidava di noi – di tutti e tre – lasciando che ci prendessimo cura di lei.

La sua pelle era madida di sudore, segno palese che fosse vicina all'orgasmo. Riuscivo a sentirne il gusto sulla lingua, quel dolce sapore salato.

Quando venne, il suo corpo si irrigidì, praticamente mi strappò via i capelli dallo scalpo e il suo grido rimbalzò sulle pareti del salotto. Sutton aveva delle doti orali eccezionali per averla fatta venire nel giro di un minuto o due. O quello, o lei era stata pronta per noi da più tempo di quello che avevamo pensato.

Sollevai la testa, guardando il suo volto mentre veniva. Aveva la bocca aperta; gli occhi fissavano ciechi il soffitto; la sua pelle era arrossata e umida. Aveva un aspetto... selvaggio. Così fottutamente eccitante. E vedere la testa scura di Sutton tra le sue cosce, il modo in cui teneva lo sguardo sollevato sul suo corpo osservandola, mi fece desiderare di prendere il suo posto. L'avevo assaggiata quella notte, mi ricordavo il suo sapore e adesso avevo l'acquolina in bocca. L'uccello mi pulsava, dicendomi che voleva infilarsi nel suo dolce miele appiccicoso piuttosto che lasciarmelo leccare con la lingua.

Le grandi mani di Sutton scivolavano su e giù lungo l'interno coscia di Cricket mentre lui sollevava la testa. Sì, era fottutamente bagnata perché lui ne aveva le labbra e il mento ricoperti. Non se lo pulì via, ma anzi, si leccò le labbra come se fosse stata la più gustosa delle merende.

Lo era.

Sdraiata sul tavolino, sazia e soddisfatta, lei riprese fiato. Non era imbarazzata dal trovarsi così squallidamente in mostra. Aprì lentamente gli occhi, guardandomi. «Di più,» disse, la voce roca per le grida.

Sogghignai. «Sissignora.» Ero più che contento di fare ciò che voleva perchè di più significava... *di più*.

Dal momento che avevo già i pantaloni slacciati, fu facile abbassarmeli sui fianchi, l'erezione che svettava puntando verso di lei. Cricket aveva la testa girata verso di me e spalancò gli occhi di fronte a ciò che vide.

Non ce l'avevo piccolo. Cavolo, no. Era una lotta trovare dei pantaloni che riuscissero a contenere tutto quell'armamentario, ma me l'ero sbrigata, lasciando che il mio pene mi giacesse lungo la coscia sinistra. Tranne che quando mi veniva duro, e a quel punto non era solamente palese, ma anche fastidioso.

«Quel... quel coso mi ci è stato dentro?»

Sogghignai. «Non hai bisogno di farmi i complimenti, piccola. Ho già i pantaloni calati.»

Lei roteò gli occhi, ma non si mosse, non essendosi ancora ripresa dal suo orgasmo.

Io mi afferrai alla base, accarezzandomi fino alla punta e osservando una goccia di liquido preseminale scivolarmi fuori. «È per te,» le dissi.

Il suo sguardo si spostò dal mio uccello al mio viso. «Ti prego,» praticamente mi supplicò.

Non doveva chiedermelo due volte, ma mi immobilizzai subito. «Merda, non ho un preservativo.»

Lanciando un'occhiata ad Archer, lui afflosciò leggermente le spalle. Sapevo che anche lui era pronto ad infilarsi dentro di lei. Per quanto riguardava Sutton, si sistemò l'uccello nei pantaloni poi si alzò. «Vado alla baracca. Ne ho qualcuno là.» Guardò Archer, poi me. «Preparatela per bene per i nostri cazzi per quando sarò tornato.»

Non sarebbe stato un problema. Toccava a me piazzarmi tra le sue cosce.

7

Mi si erano sciolte le ossa. Mi sentivo come se... be', come se mi fosse stato dato piacere da tre uomini. E non da tre uomini qualunque, ma Sutton, Lee ed Archer. Avevo detto loro la verità; non avevo mai fatto sesso con tre persone prima di loro. I ragazzi con cui ero uscita in passato, una breve lista di due persone, non mi erano andati a genio. Ed ero stata con loro singolarmente, non in una cosa a tre. Con il primo non ero mai venuta, ma all'epoca ero vergine e mi aveva fatto male. Cavolo se mi aveva fatto male. Il secondo era andato meglio, ma mi ero dovuta toccare per venire.

Adesso non mi ero toccata per niente – non c'era stato spazio per le mie dita con la testa di Sutton là sotto – ed ero venuta violentemente. Sorrisi mentre sollevavo lo sguardo su Archer e Lee. Archer era ancora inginocchiato accanto a me, con la mano che mi accarezzava la vita e un fianco. Quel contatto, quella connessione mi davano una bella sensazione, specialmente dopo l'intensità di ciò che avevamo appena fatto.

«Sei pronta per altro, piccola?» chiese Lee, accarezzandosi l'enorme e bellissimo uccello.

Altro? Diavolo, sì. E l'idea di prendere quella bestia dentro mi fece gemere, mi fece pulsare la fica.

«Vedo come mi guardi. Ne vuoi un po'?» Si accarezzò di nuovo, facendo scorrere il pollice su una goccia di liquido preseminale, spargendola sulla cappella a fungo.

Io annuii, facendo scivolare la testa sul legno freddo.

Gli uomini si guardarono un istante e sembrarono sostenere un'intera conversazione senza proferire parola. Archer si erse in tutta la sua altezza, aggirando il tavolino per posizionarsi dove si era trovato Sutton – tra le mie gambe.

Lee si spostò dall'atra parte accanto alla mia testa. «Spingiti più su, piccola.» Si inginocchiò. «Avvicinati.»

Usando i talloni, io mi spinsi più in alto sul tavolino, scivolando lungo la superficie liscia.

«Ecco. Ancora un po'. Sì, ora lascia cadere la testa oltre il bordo.»

Mi passò una mano sotto la nuca mentre io seguivo le sue istruzioni, lasciando cadere lentamente la testa fino ad averla penzoloni mentre il mio corpo giaceva orizzontale sul tavolino. Ecco il suo uccello, a soli pochi centimetri di distanza. Grande e spesso, con una vena che pulsava per tutta la lunghezza. Era di un colore violaceo e svettava da un nido di peli scuri. Così imponente. Virile.

Mi leccai le labbra e vidi una goccia di liquido preseminale uscire dalla punta.

«Apri, piccola.»

Io obbedii di nuovo, perchè volevo assaggiarlo, volevo sentirlo sulla lingua. Quando mi posò la punta contro le labbra, sentii le mani di Archer sulle caviglie che mi piegavano di nuovo entrambe le ginocchia. A differenza di Sutton, lui le tenne saldamente e le spinse fino a farmi piegare indietro le ginocchia contro il petto, ben allargate.

Le sue labbra si posarono sulla fica nello stesso istante in cui Lee mi metteva in bocca il suo uccello. Dove Lee faceva attenzione, tenendosi alla base con un pugno così da darmi solamente pochi centimetri della sua erezione, Archer ci diede dentro con la bocca e la lingua. Dio, era famelico, stava esplorando ogni centimetro, portandomi al limite per poi fermarsi. Gemetti attorno al pene di Lee e lui mi si infilò dentro di un altro centimetro, i fianchi che sembravano spingersi in avanti involontariamente per le vibrazioni. Come poteva una cosa così dura essere tanto morbida e calda contro la mia lingua? Il sapore del suo liquido preseminale mi scoppiò in bocca, pungente e salato. Sollevai le mani e le posai sulle gambe, afferrando l'orlo dei suoi pantaloni e un po' delle sue cosce muscolose con le dita.

Archer mi baciò la figa mentre le sue dita prendevano il posto della bocca. «È ora di rallentare un po', Cricket.»

Lee si ritrasse, dipingendomi le labbra con la punta del suo uccello.

«Ma-»

«Non avrai un orgasmo fino a quando Sutton non sarà tornato dalla baracca con quei preservativi,» disse Archer, facendomi scorrere un dito attorno alla figa per poi infilarcelo dentro. Io contrassi i muscoli, cercando di attirarlo più a fondo, ma lui rise.

«Ingorda, eh?»

Io tirai fuori la lingua, leccando l'uccello di Lee come un cono gelato.

«D'accordo, assaggiane un po',» disse lui, rimettendomelo in bocca quando la aprii. «Ma solo un assaggio. Non ho intenzione di venire fino a quando non mi sarò infilato a fondo in quella figa. Non mi sono scopato nessun'altra dopo di te. Ho i testicoli che vogliono riempirti.»

Rallentai i miei movimenti mentre elaboravo le sue parole. Era un maschio a sangue caldo. Un cavalcatore di tori, per di più. Aveva del testosterone nelle vene. Aveva delle necessità e comunque non le aveva soddisfatte dall'estate prima?

«Perfino a testa in giù, riesco a vedere che stai riflettendo. Archer, falle dimenticare tutto.»

Archer emise un verso gutturale in risposta e trovò rapidamente il mio punto G con un dito, premendoci contro. Gemetti. Sì, era il punto giusto, ma non si stava muovendo, ci applicava solamente una pressione costante. Era fantastico. Crudele. Eccitante. Stuzzicante.

«Siamo stati solo io e la mia mano da quella notte di follie,» commentò Lee mentre io cominciavo a dimenarmi, cercando di far muovere Archer, di farmi scopare dalle sue dita.

«Anch'io, piccola,» disse Archer. Aveva la voce bassa, roca, carica di desiderio. «Sono stanco della mia mano, specialmente ora che ho la tua fica a stringermi le dita. Mi ricordo la sensazione di averla attorno al mio cazzo.» Un dito scivolò più a sud. «E qui? Ti ricordi di quando sono stato qui?»

Io mi irrigidii e Lee si tirò fuori dalla mia bocca. Per fortuna. Archer mi stava solamente facendo scorrere un dito intorno all'ano, bagnandolo della mia eccitazione e stuzzicandomi ancora un po'. Io stavo ansimando. Quella sensazione era intensa, specialmente dal momento che aveva ancora un dito dentro di me sul mio punto G. Dio, gli piaceva stuzzicarmi.

«Puoi succhiarlo di nuovo a Lee. Non ho intenzione di infilarti un dito dentro come vorresti tu.»

Lee si spinse di nuovo in avanti ed io lo ripresi in bocca. Succhiai.

«Se lo facessi, verresti. Lo so. Ti conosco, piccola,» disse

Archer. Continuò a parlarmi, tutte cose perverse e sporche, mentre Lee interveniva per concordare con lui e aggiungere le proprie promesse carnali.

Sentii dei passi pesanti avvicinarsi prima di un profondo e roco, «Cazzo.»

Sutton era tornato.

«Guardati, piccola. Che ti prendi i tuoi uomini. Non sei venuta, vero?» mi chiese.

Lee rispose per me, dal momento che la mia bocca era chiaramente occupata. «Cavolo, no. Ma passami un preservativo. Mi si staccheranno le palle se continua a stuzzicarmi così con quella bocca.»

Lee si ritrasse ancora una volta e mi prese di nuovo la nuca sollevandola mentre Archer mi attirava verso di sé per riposizionarmi sulla superficie piatta del tavolino.

«Sei stata una brava ragazza. È arrivato il momento di venire, poi Lee ti scoperà.»

Archer finalmente... FINALMENTE... cominciò a muovere il dito che mi teneva dentro, facendomi scorrere il pollice sul clitoride e facendo magie con il dito che mi massaggiava l'ano. Mi aveva portato talmente al limite che lo superai subito. Sutton mi aveva preparata con quel primo orgasmo, così questo giunse più facilmente, sebbene Archer fosse molto abile con le dita.

Io inarcai la schiena, chiusi gli occhi, gemetti. Fu un orgasmo graduale, un tenue divampare di calore che si estese fino alle dita di mani e piedi. Mi si intorpidirono le orecchie. Mi accasciai, svuotata, sul tavolino mentre sentivo il suono dell'involucro di un preservativo che veniva aperto, quello metallico di una cintura e lo scorrere di una zip.

Quando riaprii gli occhi, avevo Lee addosso, con una mano accanto alla mia testa per sostenersi. Ad un certo punto, si era tolto la camicia ed eravamo premuti l'uno contro l'altro, pelle contro pelle. Il suo cazzo mi premette contro la coscia, per poi scivolare verso l'alto e sistemarsi davanti alla mia apertura.

I suoi occhi azzurri incrociarono i miei. «Pronta?»

Io annuii, sollevando una mano per accarezzargli la mandibola ricoperta da un accenno di barba. «Dio, sì.»

Non attese, per fortuna, e mi scivolò dentro in un'unica spinta lunga e profonda. L'ho detto che era lunga? Mi riempì, e riempì, e-

«Ecco,» disse, afferrandomi per le natiche e inclinandomi nella posizione perfetta per prenderne ogni centimetro.

«Cazzo, piccola. La tua bocca è stata troppo bella.» Abbassò la testa, mi baciò ed io giocai con la sua lingua come avevo fatto col suo uccello. Lui gemette di nuovo. «Merda, sarà una monta da otto secondi.»

Io sollevai i fianchi, più che soddisfatta comunque. Volevo solamente che si muovesse.

Lui lo fece, tirandosi indietro per poi spingersi a fondo, facendomi scivolare all'indietro sul tavolino. Mi spostò una mano sulla spalla per tenermi ferma.

Era bellissimo. Anche se era enorme, ero già bagnata per lui e il fatto che ci entrasse alla perfezione significava che sfregava contro ogni mia singola terminazione nervosa.

Sentii il suo respiro affannoso colpirmi la pelle accaldata mentre lui si spingeva a fondo, si teneva fermo e ringhiava. Ne percepii le vibrazioni contro i seni mentre veniva, coi fianchi che si muovevano appena mentre schizzava il proprio seme nel preservativo.

Io lo guardai. Aveva la mascella serrata, le vene che pulsavano sulle tempie, il sudore sulla fronte. Ogni centimetro del suo corpo era concentrato nello schizzarmi il suo seme dentro. Forse un giorno avremmo potuto evitare il preservativo e avrei potuto sentire il suo fiotto caldo e denso riempirmi.

Lui si ritrasse ed io sibilai, soddisfatta dagli orgasmi

precedenti, ma non dalla scopata. Quando si alzò, riuscii a vedere di nuovo Archer e Sutton. Si erano tolti entrambi la camicia e avevano i pantaloni slacciati quel tanto che bastava a farne uscire il cazzo. Quello di Archer indossava già un preservativo, quello di Sutton era libero.

Mentre si accarezzava, Sutton diede ordini. Rabbrividii, non per l'aria fresca, ma per i suoi comandi perversi. «Mettiti a quattro zampe, piccola.»

Archer afferrò un cuscino dal divano alle sue spalle e lo posò sul tavolo, aiutandomi ad alzarmi e a mettermi in posizione con le ginocchia sull'imbottitura e le mani sulla superficie piatta e fredda di legno.

Sutton mi si parò di fronte. «L'immagine di te che prendi Archer e Lee sarà per sempre impressa nella mia mente. Voglio entrarti in quella bocca mentre Archer ti scopa. Voglio sentirti che mi succhi a fondo e mi estrai lo sperma dai testicoli.»

Era eccitante. Mi leccai le labbra all'idea di assaporarlo di nuovo dopo un anno. Mi ricordavo di come mi aveva afferrata per i capelli, guidandomi. Di come si era fatto strada nella mia gola, per poi tirarsi indietro. Era una totale sottomissione da parte mia, la fiducia che avevo in lui e nel suo sapere quando avessi bisogno di respirare.

Lui inarcò un sopracciglio scuro, attendendo che dicessi "rosso". Non mi stava chiedendo se fossi d'accordo perchè mi stava semplicemente spiegando cosa sarebbe successo. Avrei potuto fermarmi. Avrei potuto utilizzare la mia parola di sicurezza, ci saremmo accoccolati sul divano, dimenticandoci la scopata, e lui sarebbe andato in bianco.

Io non volevo andare in bianco. Volevo vedere un cazzo di arcobaleno. Con tanto di unicorni.

Quando non dissi nulla, lui sollevò il mento. «Apri la bocca.»

Io lo feci e lui ci infilò dentro il suo uccello, lentamente e con cautela, ma andò a fondo. Mi mise una mano tra i capelli come mi ero aspettata. Quel leggero strattonamento mi piaceva. Quando si ritrasse così che gli potessi passare la lingua attorno alla punta, Archer mi afferrò per i fianchi, infilandosi dentro di me.

Gemetti, chiudendo gli occhi. Mi riempivano ad entrambe le estremità. Due uomini. Così erotico. Così tanto. *Così bello.*

Sutton mi tenne la mano nei capelli e mi posò l'altra sulla spalla, così che non venissi spostata all'indietro dalle spinte di Archer. Aveva il controllo sulla scopata della mia bocca, sulla sua profondità e sul suo ritmo. Tutto ciò che facevo io era leccarlo con la lingua, respirare col naso e incavare le guance. Non riuscivo a pensare, non con Archer che mi scopava.

Lee era seduto su un bordo del tavolino da caffè. Mi prese un seno in una mano e con l'altra trovò il mio clitoride. Il terzo orgasmo mi travolse all'istante. Avevo avuto bisogno soltanto di qualcosa che mi toccasse il clitoride e fu fatta.

Mi strinsi attorno all'uccello di Archer mentre lui parlava, la voce spezzata, le parole quasi sconnesse. *Sì. Cazzo. Stretta. La mia morte. Mi esploderanno le palle. Così a fondo.*

«Ingoia, ogni singola goccia, piccola,» mi disse Sutton mentre mi scivolava in fondo alla bocca, si gonfiava e un attimo dopo sentivo la calda pulsazione del suo seme che mi scivolava lungo la gola. Deglutii, ancora e ancora, per prenderlo tutto.

Lui si ritrasse, dipingendomi la lingua con un altro po' di seme mentre io prendevo fiato, per poi uscire del tutto dalla mia bocca.

Archer mi strinse le braccia attorno alla vita e mi sollevò il busto in modo che fossi inginocchiata sul tavolo col suo corpo premuto contro il mio. A quel punto mi scopò, forte e in profondità mentre mi posava la bocca sulla spalla, la baciava, la leccava, per poi mordermi mentre veniva.

Io non riuscivo a riprendere fiato. Tre orgasmi ed ero sfinita. Sudata, la figa che ancora gocciolava bramosa. I capezzoli erano sensibili. Diamine, ogni centimetro della mia pelle era sensibile. Avevo ancora il gusto di Sutton sulla lingua.

Tutto ciò che potei fare fu sollevare lo sguardo su Lee e Sutton mentre le mani di Archer mi accarezzavano dolcemente, il suo pene ancora affondato dentro di me, e sorridere.

8

Mi svegliai con l'odore del caffè. Per un istante mi dimenticai di dove fossi. Sbattei le palpebre, fissando le pareti di una bella camera da letto, per quanto arredata dal gusto maschile. Le finestre erano aperte e le tende blu si agitavano leggermente alla corrente. Le lenzuola erano fresche e morbide e avevo dormito alla grande. Avevo anche dormito bene perchè, be'... ero stata scopata per bene.

Ero tutta indolenzita. A giudicare dalle fitte che provavo quando mi muovevo, non mi sarei sorpresa se mi fossi ritrovata dei lividi lungo la schiena per essermene stata sdraiata sul tavolino da caffè. Avevo la mandibola leggermente indolenzita e la fica... ero decisamente stata messa a letto bagnata.

Sfregai le cosce l'una contro l'altra ripensando a quello che avevo fatto con Sutton, Archer e Lee. Cose folli. Cose perverse. Cose *eccitanti*. Sogghignai tra me. Ero un po' una zoccola quando si trattava di loro e veniva fuori ogni parte della mia natura sottomessa. Sutton semplicemente... richiamava quella parte di me. Mi tirava fuori la necessità di lasciarmi andare... di cedere a lui il controllo.

Riguardando indietro, l'avevo fatto anche con Archer. Sin dal primo momento in cui l'avevo visto. Ne avevo avuto abbastanza di gestire Schmidt e Rocky da sola. Avevo percepito la sua forza e avevo voluto appoggiarmici. Praticamente l'avevo supplicato di arrestarmi.

Mi premetti un cuscino sul viso, lasciandomi sfuggire un lamento.

Se era quello ciò che mi preoccupava, ero pazza. *Avrei dovuto* preoccuparmi di come avevo permesso che tre uomini mi scopassero di nuovo. E che facessero anche di più. Praticamente sfinita, Lee mi aveva portata al piano di sopra nella camera da letto principale e si era fatto la doccia assieme a me, lavandomi ogni centimetro del corpo. Archer aveva atteso fuori che io finissi e mi aveva asciugata per poi rimboccarmi le coperte nel lettone fino a quando non era uscito anche Lee. A quel punto si era ripulito lui. Io mi ero addormentata con Lee che mi attirava tra le sue braccia; l'ultima cosa che ricordavo era il battito regolare del suo cuore.

Archer si era unito a noi? Il profumo sul cuscino era decisamente maschile, ma non avrei ancora saputo distinguerli.

Sapevo solamente che non si trattava di Sutton. Dopo avermi praticamente raccolta dal tavolino per avermi ridotta ad un ammasso sfinito e sudato di donna soddisfatta, mi aveva baciata dolcemente in fondo alle scale per poi uscire di volata dalla porta d'ingresso diretto alla baracca. Mi ero sentita un tantino rifiutata, ma di sicuro non mi aveva trascurata. Era stato il primo a farmi venire. E usando solamente la lingua. D'altronde, non c'era poi un letto abbastanza grande per quattro persone in quella casa – non che io sapessi.

Delle voci mi raggiunsero assieme al profumo di arrosto.

Archer e Lee erano ancora lì? Mi misi a sedere, facendo correre lo sguardo in giro per la camera. L'orologio sul comodino diceva che erano le dieci e mezza. Dieci e mezza! Non mi alzavo così tardi da quando avevo avuto l'influenza l'inverno precedente. Non c'era da meravigliarsi che mi sentissi tanto riposata. Il sesso e più di sei ore di sonno facevano meraviglie.

Non vidi abiti maschili, solamente i miei ripiegati su una sedia accanto alla finestra. Qualcuno era ordinato – e furtivamente silenzioso. Non avevo interesse nel rimettermi le mutande della sera prima, per cui decisi di farne a meno e mi rivestii senza. Infilandomi in bagno, feci i miei bisogni e mi lavai le mani e poi i denti con uno spazzolino che trovai impacchettato in uno dei cassetti del mobiletto. Infine, mi pettinai un po' i capelli con le dita per dare loro un aspetto vagamente accettabile. Addormentarmi quando erano ancora bagnati aveva fatto sì che rimanessero dritti in maniera comica da un lato. Non c'era molto che potessi fare, senza prodotti per capelli o anche solo una spazzola.

Pensare che quello fosse il bagno di mio padre mi faceva strano. Molto strano. E dal momento che sembrava aver messo incinta cinque donne diverse – e chissà con quante altre fosse stato senza riuscirci – avrei immaginato che avesse dei prodotti femminili nei cassetti. E invece no. Erano vuoti a parte spazzolini, tubetti di dentifricio da viaggio e un cambio di asciugamani.

Diedi un'occhiata alla cabina armadio, notando che era vuota. Ovviamente, qualcuno aveva ripulito la casa dopo la morte di Aiden Steele. Poteva facilmente passare per una casa vacanze in affitto. Ma era mia. Se non altro per un quinto. Folle. Presto mi sarei abituata a quella nuova realtà.

Una volta vestita, scesi al piano di sotto, sentendo la voce di Lee. Anche *lui* era la mia nuova realtà. Lui, assieme ad Archer e Sutton. Dovevo solamente capire cosa stesse succedendo anche con loro. La notte precedente era stata solamente un'altra scappatella? Basandomi su ciò che avevano detto, no, ma sapevo benissimo che era meglio non fidarsi delle persone. Potevo anche sottomettermi a Sutton – e ad Archer e Lee – ma si trattava solo di un gioco. Di sesso. Loro volevano dominarmi tanto quanto io volevo sottomettermi. La domanda era se fossero ancora interessati a me senza tutto quello. Alla vita con i vestiti *addosso*.

Mi immobilizzai quando entrai in cucina. Il profumo di carne e aglio riempiva l'aria assieme a quello di caffè, e notai due pentole a cottura lenta sul fuoco, con i coperchi di vetro appannati.

Scoprii che non erano solo Archer e Lee a chiacchierare. Stavano parlando con altri quattro uomini in piedi attorno alla penisola, con delle tazze di caffè in mano. Messi tutti in fila, sembravano enormi. Grandi cowboy che facevano sembrare quella casa gigantesca delle giuste dimensioni. *Per loro.*

Ma furono dimenticati quando una donna praticamente squittì, mi corse incontro e mi strinse in un abbraccio.

«Oddio, se qui. Sei sveglia! Io sono Kady e sono tua sorella!»

Io lanciai un'occhiata a Lee da sopra la sua spalla e lui mi fece l'occhiolino, chiaramente contento. Non capitava tutti i giorni di incontrare due sorelle perdute da tempo. Diamine, non mi capitava tutti i giorni di incontrare membri della mia famiglia, dal momento che non ne avevo avuti per tutta la vita.

Sollevai le braccia, stringendola a mia volta, e guardai un'altra donna spostarsi per mettersi accanto a lei. Sembrava più riservata, anche chiunque lo sarebbe stato se paragonato all'entusiasmo di Kady.

«Lasciala respirare,» disse. Quando Kady non smise di

abbracciarmi, l'altra roteò gli occhi. «Io sono Penny, l'altra sorella.»

A quel punto Kady si scostò, asciugandosi gli occhi. «Scusa, abbraccia lei, ora.»

«Stai piangendo?» chiesi.

Kady spalancò la bocca, poi la richiuse. «Piango per le pubblicità sui giornali. Incontrare per la prima volta una sorella perduta necessita di lacrime.»

Mi sembrava ragionevole.

«Ed è incinta, per cui adesso piange pure quando prende un pacco di hamburger dal frigo.» La voce di uno degli uomini ci fece voltare tutte e tre.

Kady aggirò la penisola a grandi passi e due degli uomini si spostarono per farla passare. Lei piantò un dito tra le costole di quello grande – quello molto, *molto* grande – ma dubitavo che lui se ne fosse accorto minimamente. Era alto, scuro e bellissimo, nonché delle dimensioni di un giocatore di rugby samoano. «Sei tu che mi hai ridotta così,» borbottò, ma il suo sorriso attenuò le sue parole.

L'enorme tizio sogghignò e mi lanciò un'occhiata. «Io sono Cord, l'ingravidatore.»

Kady rise e lo punzecchiò di nuovo con un dito, cercando di farlo smettere. Piuttosto, lui sembrava orgoglioso di sé per averla messa incinta.

Il tizio accanto a lui sollevò una mano, rivolgendomi un piccolo cenno di saluto. Sembrava avere compiuto da poco trent'anni, capelli biondi, occhi azzurri. Sebbene indossasse la camicia coi bottoni a scatto e i jeans e tutto il resto, aveva un aspetto più raffinato. «Io sono Riley, l'altro che l'ha messa incinta. Sono più comunemente conosciuto, però, come l'avvocato della tenuta degli Steele.»

«Sei stato tu a inviarmi i documenti,» dissi io, constatando l'ovvio.

«Esatto. Mi chiamo Riley Townsend. Sono felice che tu

sia riuscita a venire qui, sebbene Lee mi stesse raccontando di *come* ci sei finita.»

Io abbassai lo sguardo a terra, poi lo riportai su di lui. Nessuno degli uomini sembrava felice. In effetti, tutti i sorrisi erano svaniti. Al loro posto, c'era una forte determinazione. Avevano la stessa espressione che avevano mostrato Sutton, Lee ed Archer la sera prima quando avevo raccontato loro cos'era successo.

«Lascia che faccia io il resto delle presentazioni mentre Kady ti prepara un po' di caffè,» disse Penny, lanciando un'occhiata di avvertimento a sua sorella. Kady girò sui tacchi e andò ad una credenza a prendere una tazza.

Penny indicò gli altri. «Lui è Jamison, il capo squadra qui allo Steele Ranch. E Boone. Lui lavora al pronto soccorso dell'ospedale di zona.»

Io feci un cenno ad entrambi.

Boone, quello più vicino al bordo della penisola, fece il giro per stringermi la mano. «Lee mi ha detto che frequenti il college.»

«Esatto. Mi manca un esame per prendere la laurea di infermieristica.»

Lui inarcò le sopracciglia. «Notevole. Una professione fantastica: c'è bisogno ovunque di infermiere.»

Lo pensavo anch'io. Ecco perchè mi ero data a quella professione. Avrei avuto a disposizione la flessibilità e le varie opzioni di infermieristica che spaziavano da un ufficio pediatrico a un'infermiera di volo, perfino nel Montana, *se* avessi terminato le ultime lezioni in autunno.

«Ehi, io posso anche essere il capo squadra, qui, ma cosa più importante, sono quello che ha messo incinta la Micina.» Jamison spinse via Boone e strinse Penny tra le braccia, tenendola stretta a sé e baciandole i capelli biondi. Lei arrossì violentemente mentre io li fissavo. Chiaramente, Penny era conosciuta anche come Micina.

Lei sollevò una mano, indicando Boone. «Anche lui.»

Boone si sfregò la nuca e rispose. «Jamison non mi ha messo incinta, Micina. *Noi* ti abbiamo riempita a tal punto del nostro seme da-»

Lei allungò una mano, tappandogli la bocca.

«Non osare!» lo minacciò mentre Jamison la lasciava andare e Boone se la prendeva in braccio trascinandola fuori dalla stanza, sul volto un'espressione tra il maschio impaziente e il divertito. Riuscii a sentirli battibeccare lungo il corridoio, poi sentii una porta chiudersi sbattendo.

«Lo prendi col latte o lo zucchero?» mi chiese Kady, come se la mia nuova sorella non fosse appena stata palesemente portata in un'altra stanza per fare sesso.

«Um, nessuno dei due. Va bene amaro.»

Kady mi porse la tazza ed io ne bevvi un lungo sorso, sfruttando quel tempo per studiare quelli che erano rimasti. Lee sembrava divertito, appoggiato al bancone della cucina. Indossava i jeans e una nuova camicia – dovetti chiedermi dove l'avesse presa – ed era a piedi scalzi. Jamison andò a versarsi dell'altro caffè.

«Siete entrambe incinta?» chiesi a Kady, constatando ancora una volta l'ovvio. C'era qualcosa nell'acqua? Sembravano entrambe molto emozionate ed io ero contenta per loro. Come avrei potuto non esserlo? Non le conoscevo nemmeno. Ma io non avevo la minima intenzione di rimanere incinta. *Magari* avrei avuto un bambino. Un giorno. Ma quel giorno era molto, molto lontano. Finire la scuola, ottenere un lavoro, smettere di vivere la mia vita tra uno stipendio e l'altro. Era stato quello il mio obiettivo. Adesso? Il mio unico obiettivo era terminare gli studi. Avrei potuto ottenere un lavoro da infermiera perchè lo volevo, non perchè fossi costretta. Dovevo ringraziare il mio defunto padre per quello. Ma non ero il tipo da starmene con le mani in mano e se mi fossi trasferita al ranch, sarei impazzita nel bel mezzo del nulla prima di un mese senza avere niente che mi mettesse alla prova.

E non intendevo un bambino. Sospirai tra me, felice che Sutton fosse andato a prendere i preservativi. Prendevo la pillola, ma volevo essere prudente.

Kady mi rivolse un gran sorriso, posandosi una mano sul ventre piatto. Indossava un bel prendisole di un rosa acceso e dei sandali bassi con i lacci e dei brillantini. Lo smalto delle unghie dei piedi si abbinava al vestito. Era un colore molto carino ed era decisamente in contrasto con i suoi bellissimi capelli rossi.

E Penny? Capelli biondi e occhi azzurri.

Non ci assomigliavamo proprio *per niente*.

«Lo siamo. Roba da pazzi, vero? Sono cambiate così tante cose da quando ho scoperto di nostro padre, del ranch. Io vengo dalla Pennsylvania e *decisamente* non sono una cowgirl.»

Già, non sembrava aver ereditato i geni da cowgirl. Né tantomeno i jeans. Le sue adorabili scarpine non si addicevano affatto ad un ranch. Naturalmente, nemmeno il suo vestitino, ma non sembrava importarle. Quando Riley fece il giro della penisola per riempirsi nuovamente la tazza, le fece passare un braccio attorno alla vita e se la attirò contro.

Quegli uomini non nascondevano i loro sentimenti. Non c'erano problemi con le dimostrazioni d'affetto in pubblico da quelle parti. O con una donna che avesse più di un uomo. Sembrava... normale.

«Possiamo rivedere i dettagli legali quando vuoi,» mi disse Riley, interrompendo i miei pensieri. «Qualsiasi domanda tu abbia, ma non c'è fretta.»

Kady appoggiò la testa contro la spalla di Riley e sembrava felice. Innamorata.

Avvertii una punta di gelosia e bevvi un altro sorso di caffè. Sentirmi a quel modo con qualcuno, così palesemente innamorata, fidarmi di quella persona, le relazioni, l'idea di impegnarmi a quel modo... era tutto nuovo per me. La parola *famiglia* mi era praticamente estranea.

Lee mi stava osservando come se fosse stato in grado di leggere i miei pensieri.

«Hai intenzione di restare nella casa principale o di tornare a Missoula?» mi chiese Jamison.

Tutti mi guardarono, in attesa di una risposta. Lee sembrava tranquillo, ma stavo cominciando a riconoscere che quell'atteggiamento era il suo modo di essere, eppure quell'aria casual nascondeva una serietà che si concentrava solamente su di me.

Mi schiarii la gola. «Be', avete sentito da Lee cosa mi è successo.» Gli lanciai un'occhiata e lui mi fece cenno di proseguire. Fui effettivamente grata di non dover ripetere ancora una volta quella storia imbarazzante. «Rimarrò qui, per adesso. Avrei dovuto lavorare la scorsa notte, ma non ho mai avvisato che non ci sarei stata per cui di sicuro sarò stata licenziata. Grazie a te» - lanciai un'occhiata a Riley - «Non devo preoccuparmi di non riuscire a pagare l'affitto di questo mese.»

«Non sono stato io,» contestò Riley. «Io sono solamente l'esecutore testamentario.»

Feci spallucce. Per me era lo stesso. Qualcuno che non avevo mai conosciuto mi aveva lasciato un conto in banca pieno di soldi. Il sollievo di non dover lavorare dietro il bancone del bar per dieci ore per far quadrare i conti era inebriante. Niente piedi indolenziti. Niente sfigati ubriachi che ci provavano con me. Niente puzzo di birra stantia addosso. Dio, non volevo nemmeno andare a ritirare la mia ultima paga. Ma l'avrei fatto. Potevo essere milionaria, ma mi ero guadagnata quei soldi.

«Ho il mio appartamento e il semestre comincia tra un paio di settimane. Non posso perdere le lezioni, a prescindere da tutto il resto. Sono le ultime prima della laurea. Fino ad allora...» Lasciai in sospeso la frase perchè non avevo una risposta. Non sapevo cosa volessero i tre uomini coi quali ero andata a letto la sera prima.

Cosa importava cosa volessero loro? La casa era mia. Quei ragazzi si trovavano tutti nella *mia* cucina – anche di Kady e Penny, naturalmente - e se ciò che stavo facendo con Sutton, Archer e Lee non avesse portato a nulla, non avrebbe avuto importanza. Sarei rimasta, o l'avrei fatto una volta terminata la scuola. Se non altro sarei passata da quelle parti un sacco di volte. Non c'era una normativa di restrizioni riguardo al trasferirmi lì, non credevo, ma in teoria c'erano altre due sorelle che non erano ancora comparse. Se fossi riuscita ad ottenere un lavoro da infermiera a Barlow, allora sarebbe stato perfetto. Nel frattempo, *volevo* conoscere gli uomini. Magari, invece di fare le cose al contrario, avrei potuto cominciare col conoscerli meglio.

Come Lee, ad esempio. Era dritto davanti a me, che mi guardava con aria rilassata, come se la vita fosse semplice. Era un cavalcatore di tori ed io non riuscivo a pensare ad una specializzazione al college che potesse prepararlo a quella professione, per cui non avevo idea se avesse una laurea o meno. A dire il vero, non sapevo poi molto di lui – a parte il fatto che gli piacesse affondare l'uccello nella mia gola - ma volevo conoscerlo di più.

Lui arricciò un dito ed io andai da lui senza nemmeno pensarci. Accarezzandomi una guancia, chinò la testa così da potermi guardare dritta negli occhi. Non l'avevo notato prima – forse perchè ero a testa in giù o per il fatto che avessi visto più il suo uccello che la sua faccia – ma i suoi occhi cambiavano colore. Le sue iridi si abbinavano alla perfezione con la camicia grigia che indossava. «Stai bene?»

Io annuii.

«Incontrare la famiglia per la prima volta è da pazzi, eh?»

Annuii di nuovo.

«E tutti noi? Tutti collegati allo Steele Ranch? Siamo troppo da assimilare. Di sicuro te lo starai chiedendo, Archer è andato a casa – lui vive in città – a farsi una doccia, cambiarsi d'abito e non lavorerà per un paio di giorni, per cui tornerà. Anche Sutton, ma lui vive ai piedi della collina nella baracca. Verrà qui quando avrà finito di svolgere i suoi compiti nelle stalle. Dobbiamo parlare di quello che è successo la scorsa notte, ma non fino a quando non saranno tornati loro.»

Io arrossii profondamente, ripensando a quello che avevamo fatto la sera prima. Sarei dovuta andare a disinfettare il tavolino da caffè nel salotto prima che chiunque ci mettesse piede.

Lui mi si avvicinò ulteriormente, ravviandomi i capelli dietro l'orecchio. «Non quello, piccola,» mi sussurrò così che solo io potessi sentirlo. «Degli uomini che ti inseguivano. Anche se parleremo sicuramente anche di quei pensieri oscuri che ti stanno facendo arrossire tanto le guance con Archer e Sutton. *Solo con loro.*»

I suoi occhi chiari incrociarono i miei ed io seppi cosa intendesse. Mi avrebbero condivisa, ma non con altri. Le cose che facevamo assieme erano private. Sebbene Boone non se la stesse facendo con Penny nel salotto così che potessimo sentirli tutti, *sapevamo* cosa stavano combinando.

«Stavo parlando dello strip club, dei soldi che tecnicamente devi a quei tizi,» chiarì.

«Oh,» sussurrai io, sentendomi un tantino stupida. Mi si rigirò lo stomaco al ricordo che molto probabilmente Schmidt mi stava cercando. Il sesso selvaggio me lo aveva fatto dimenticare.

Lui mi rassicurò con un dolce bacio sulla fronte. «Sei al sicuro. Hai un intero manipolo di uomini muscolosi a proteggerti.» Le sue parole erano scherzose, ma sapevo che era serio. E sapevo che la parte dei muscoli era vera. «Aspetteremo gli altri. Fino ad allora, lasceremo che voi donne – sorelle – vi conosciate meglio.»

Kady finse un sospiro e roteò gli occhi, divincolandosi dalla presa di Riley. «Era ora. E ti avrò tutta per me fino a quando Boone non farà riprendere aria a Penny.»

Lee mi diede un ultimo bacio, mi accarezzò la schiena, poi si riempì la tazza. «Date un'occhiata ai miei stufati,» aggiunse, indicando le pentole, poi uscì dalla cucina, con gli altri che lo seguivano.

Era *lui* lo chef? Già, c'erano decisamente un sacco di cose che dovevo imparare sul suo conto. E anche su Archer e Sutton.

«Spara,» mi disse Kady, incrociando le braccia al petto con finta serietà.

Il suo ghigno malizioso la tradiva. «Sarai incinta anche tu tra un paio di settimane? E se così fosse, è stato Lee, Sutton o Archer?»

9

«Aspettate! Voglio sentire anch'io,» disse Penny, la voce affannata mentre correva nella stanza, le mani sull'orlo della camicetta mentre cercava di raddrizzarsela.

«Hai fatto in fretta,» commentò Kady, sogghignando.

Penny arrossì e roteò gli occhi mentre si lisciava i capelli chiari. «Diciamo soltanto che sa quello che fa.»

«Boone ottiene sempre ciò che vuole,» replicò Kady in tono canzonatorio. «Come lo scorso mese quando avete fatto la cena di gruppo e ti ha portata via.»

«Già, è così *difficile* farsi una sveltina con quell'uomo.» Penny guardò me, le guance arrossate, sebbene non fossi certa che fosse per le prese in giro di Kady o per la sveltina. Sembrava soddisfatta. «Non penseresti mai che ero vergine un mese fa.»

Io spalancai la bocca. «Um...»

«Questi uomini sanno cosa vogliono. Sono certa che tu

sia d'accordo,» proseguì Kady. «E tu hai ben *tre* fighi a farti la corte.»

«Non farti sentire da Jamison o Boone quando dici che sono dei fighi,» le ricordò Penny, poi prese una tazza dalla credenza e andò a versarsi del caffè dalla caraffa.

Boone piombò in cucina, le tolse la tazza dalle mani e le diede un bacio sulla guancia. «Una tazza sola, Micina. Per adesso solo quello.»

«Sei stato tu a farmi questo,» finse di borbottare lei, piegando la testa di lato.

Lui sogghignò, baciandola lungo la mandibola. «E a te piace quando lo faccio.»

Le fece l'occhiolino, poi se ne andò alla stessa velocità con cui era arrivato.

Penny si acciglió. «Stupido dottore,» borbottò. «Sa che è meglio tenersi alla larga.» Si allungò verso la mia tazza, prendendomela dalle mani per berne un sorso. «Non posso prendere la sua.» Indicò Kady con un cenno della testa. «Anche a lei è permessa una sola tazza, adesso, e mi ucciderebbe se gliene bevessi un po'. Stupida caffeina e stupidi bambini.»

«Io non sono incinta,» sbottai, poi risi di me stessa, scuotendo la testa. «Mi sembra ridicolo.»

«Non con noi. Io ho smesso di prendere la pillola perchè volevo – *voglio* – un bambino,» disse Kady, portandosi di nuovo una mano sulla pancia. «Come puoi immaginare, mi ci sono voluti appena un paio di secondi per farmi mettere incinta.»

«Io probabilmente lo sono rimasta dopo la mia prima volta,» ammise Penny, guardando ovunque meno che verso di noi. Poteva essersi appena fatta una sveltina in fondo al corridoio con *uno* dei suoi uomini, ma decisamente aveva ancora un po' di innocenza. «Voglio una famiglia, voglio restare a casa e occuparmi della follia di una nidiata di bambini.»

«È.... fantastico,» commentai io in tono neutro.

Spettava ad ogni donna decidere cosa volesse fare della propria vita. Bambini, niente bambini. Un lavoro, nessun lavoro. Scalare il monte Everest, lavorare in un circo. Io ero più orientata verso la carriera, ma questo perchè ero sempre stata spinta a uscire dal sistema, a raggiungere degli obiettivi. Ero stata da sola per tutta la mia vita e sapevo di essere l'unica in grado di far succedere qualcosa di buono.

«L'orfanotrofio mi ha fatto desiderare di essere indipendente, di non appoggiarmi mai più a qualcun altro,» ammisi.

L'espressione su entrambi i loro volti non fu pietà, nemmeno comprensione, ma forse compassione.

«I miei genitori sono morti in un incidente d'auto,» mi disse Kady. «Ho la mia sorellastra, Beth, con cui sono cresciuta, ma lei è una drogata e non è... affidabile.»

«Mia madre mi ha venduta ad una azienda del gas e petrolio per finanziarsi la propria campagna. È una senatrice.»

Io le fissai entrambe, elaborando le loro storie – sì, erano da soap opera. Porsi a Penny la mia tazza così che potesse finirla. «Tu vinci di sicuro.»

Scoppiammo tutte e tre a ridere. Avevamo vissuto dolori e difficoltà nella vita, ma ci avevano portate fino a lì. No, Aiden Steele ci aveva riunite.

«Dunque, nostro padre. Era un puttaniere, vero?» chiesi mentre riprendevo fiato.

Ridemmo ancora un po' fino ad arrivare alle lacrime. Aiden Steele aveva lasciato cinque donne incinta. *Decisamente* un puttaniere.

Io mi stavo asciugando gli occhi quando Sutton entrò nella stanza, ci vide e si fermò sulla porta. Kady si morse un labbro per smettere di ridere, asciugandosi gli occhi.

«Signore,» salutò lui con cautela.

Il mio cuore perse un battito nel vederlo, nel sentire il

profondo suono gutturale di quella singola parola. Alto, scuro e minaccioso. Ecco com'era Sutton. E nonostante non sembrasse... felice, sembrava invece contento di vedere me. Il suo sguardo corse lungo il mio corpo – non molto eccitante dal momento che indossavo gli abiti del giorno prima – con palese bramosia ed interesse. Non ebbi alcun dubbio che riuscisse a notare il modo in cui i capezzoli mi si erano induriti in risposta. Il solo vederlo, sentirlo, stargli vicino risvegliava il mio corpo meglio di qualsiasi caffeina.

Volevo toccarlo, baciarlo. Diamine, volevo arrampicarmici addosso come una scimmia. Capivo perchè Penny se ne fosse andata con Boone. Se Sutton mi avesse trascinata nel ripostiglio, di certo mi sarei tolta le mutandine. E non le stavo nemmeno indossando.

Lui non si avvicinò, molto probabilmente spaventato da quelle donne ridacchianti – il che era ridicolo dal momento che Sutton sembrava il tipo di uomo che mangiava chiodi a colazione – per cui andai io da lui, affondando le dita nella sua camicia e alzandomi in punta di piedi per baciarlo.

Sapeva di menta, come se si fosse appena lavato i denti. Riconobbi il suo odore, una specie di sapone pungente e tutto maschio, profondo e virile. «Ciao,» sussurrai.

«Buongiorno,» rispose lui.

«Vuoi un po' di caffè?» chiesi, ma avrei davvero, *davvero* voluto prenderlo per mano e trascinarlo in qualunque stanza Penny e Boone avessero trovato comoda per le loro sveltine. Poteva essere audace da parte mia prendere l'iniziativa, ma non avevo dubbi che avrebbe assunto lui il controllo una volta che fossimo entrati in quella camera e ci fossimo chiusi la porta alle spalle.

«No, sono a posto.» Si fece scorrere una mano sulla nuca. «Ti lascio tornare a qualsiasi cosa steste discutendo tu e le ragazze.»

Io non volevo che se ne andasse e strinsi la presa, impedendogli di indietreggiare. A quella mossa, lui inarcò un sopracciglio scuro.

«Ti serve qualcosa, piccola?» mi chiese, la sua voce che assumeva quella sfumatura oscura che mi eccitava.

Annuii, sentendo la mia mente scivolare nell'universo in cui Sutton si prendeva cura di me. Strano, dal momento che la conversazione che stavamo avendo io, Penny e Kady riguardava giusto la mia necessità di avere il controllo della mia vita, della mia carriera. Due secondi tra le braccia di Sutton e mi ero sciolta.

«A Boone piace l'ufficio, per le scopate, ma voi due potete andare al piano di sopra,» propose Penny. L'avevo a malapena conosciuta, ma riconobbi il tono scherzoso della sua voce.

L'espressione di Sutton si indurì. Si adombrò.

«A Cord e Riley piace la veranda d'ingresso,» si affrettò ad aggiungere Kady.

Lo sguardo di Sutton incontrò il suo e un angolo della bocca gli si curvò leggermente verso l'alto.

«Hai bisogno che mi prenda cura di te?» mi chiese, i suoi occhi scuri che si spostavano tra i miei e le mie labbra.

«Voglio solamente un bacio,» dissi io.

A quel punto lui sorrise e l'espressione cupa di un attimo prima svanì. Abbassò la testa, sfiorando la mia bocca con la sua, leccandomi brevemente il labbro inferiore con la lingua, poi si ritrasse. «Meglio?»

«Per adesso,» dissi, lasciandogli la camicia per poi lisciargliene le pieghe. Volevo assicurarmi che sapesse che un bacio soltanto non mi sarebbe bastato.

«Per adesso,» concordò lui e vidi l'oscura promessa nel suo sguardo. «Signore.»

Girò sui tacchi e se ne andò, offrendomi una bellissima vista del suo sedere fasciato dai jeans. Kady si fece aria con la mano. «È stato eccitante. Sono davvero felice che voi due vi siate ritrovati. Non ha mai accennato a te, se non altro non con me. Si è comportato da Signor Scorbutico sin da quando l'ho conosciuto. Mi ero sempre chiesta se fosse per via dei suoi anni da militare, della roba che deve aver visto o fatto.»

Sapevo che aveva prestato servizio, che era stato schierato; me l'aveva raccontato l'estate precedente, ma non mi aveva detto nulla di più. Era chiaro, visto il suo portamento, i suoi capelli corti. La sua... precisione. La prima notte che avevamo trascorso insieme – dopo un'erotica sessione di sesso – aveva avuto un incubo quando ci eravamo finalmente addormentati. Si era rigirato nel letto, aveva gridato, mi aveva perfino afferrata per un polso come se io avessi fatto parte del suo sogno, come se gli stessi facendo del male. Finalmente ero riuscita a svegliarlo, ma lui se l'era presa tantissimo con se stesso, si era vergognato del fatto che l'avessi visto a quel modo e ancor più di avermi fatto del male.

Mi erano venuti i lividi per via della sua presa ferrea, ma non erano stati poi così brutti. Più che altro mi ero spaventata. Era chiaro che non fosse il suo primo incubo e adesso dubitavo che fosse stato l'ultimo. Era per quello che gli piaceva dominare in camera da letto? Aveva bisogno di quel controllo perché altri aspetti della sua vita ne erano privi? Era per quello che si era mostrato tanto compiacente quando aveva invitato Archer e Lee ad unirsi a noi in hotel, così che non rimanessi da sola con lui?

«Ha ucciso qualcuno per me.» Kady guardò il soffitto e indicò il piano di sopra. «Ha sparato ad un uomo uccidendolo nella camera da letto principale.»

«Ne ho sentito parlare la scorsa notte, ma nella camera principale?» domandai, appoggiandomi alla penisola. Ci avevo dormito, io.

Kady saltò a sedere sul bancone, lisciandosi il vestito. Non sembrava turbata dal fatto che Sutton avesse ucciso qualcuno, proprio in quella casa. «È una lunga storia, ma decisamente è il motivo per cui non gli piaceva l'idea di portarti là sopra.»

«Racconta,» le disse Penny, andando al frigo per prendersi una bottiglia di succo d'arancia e poi una tazza dalla credenza. «Lei potrà anche conoscere Sutton in senso *biblico*, ma non vuol dire molto visto il modo in cui siamo tutte zoccole e ci leviamo le mutande nel giro di due secondi dopo aver respirato i loro feromoni.»

«Verissimo. Okay, ecco com'è andata.» Kady mi raccontò di sua sorella e della sua lunga dipendenza dalle droghe, del fatto che avesse sposato un uomo conosciuto in riabilitazione che voleva solamente avere accesso all'eredità di Kady e di come lui avesse assoldato un mercenario per ottenerla. Sembrava tutto una folle soap opera. Fu la parte in cui il tizio si era introdotto in casa – quella casa – per uccidere Kady e Sutton l'aveva trovato e gli aveva sparato che catturò la mia attenzione. «Sono a malapena riuscita a vedere Sutton dopo che gli aveva sparato perchè ero un tantino isterica e Cord mi ha portata fuori di casa in tutta fretta, ma Sutton era cupo. Tipo, emotivamente chiuso. Calcolatore. Freddo come un maledetto ghiacciolo. Aveva già ucciso in passato. Probabilmente lo sai meglio tu di me, ma è un tipo silenzioso e dall'aspetto un po' inquietante. Figo, ma inquietante.»

«Figo e inquietante,» concordai.

«Dopo quella notte, non ho mai più dormito in questa casa. Penny ci è stata per un paio di notti, ma mai nella camera da letto principale.»

Lei scosse la testa.

«Potrei dover ripensare a dove dormire anch'io, adesso,» dissi. «Non è che possiate raccontarmi una cosa del genere e pretendere che io riesca a dormire tranquilla, nemmeno se avessi Lee ed Archer nel letto con me. Dio, mi vengono i brividi.»

«Sutton non è rimasto con te la scorsa notte?» mi chiese Penny, aggrottando leggermente la fronte.

Io scossi la testa. Era per quel motivo che se n'era andato, perchè quella stanza gli ricordava ciò che aveva fatto?

«Sutton è un brav'uomo,» chiarì Kady. «Mi ha salvata. Ha *ucciso* qualcuno per me ed io non sono nemmeno la sua donna. Cosa farebbe per te...»

Lasciò cadere la frase.

«Io non sono... voglio dire, non so se sono la sua donna o meno.»

Kady e Penny risero entrambe. «Oh, sei la sua donna, eccome. Anche quella di Lee, a giudicare dal modo in cui ti guarda. Se Archer è uguale, allora ti sei aggiudicata la tripletta di uomini perfetti.»

Penny annuì entusiasta.

«Io voglio lavorare,» dissi. «Ho investito troppo nell'ottenere la laurea da infermiera, non posso semplicemente fermarmi adesso. Fare la casalinga. Senza offesa, Penny, ma io non sono fatta così.»

Penny sollevò una mano per fermarmi. «Possiamo anche essere sorelle, ma non dobbiamo essere simili. Il tuo passato ha fatto sì che tu volessi darti da fare e dimostrarlo a tutti. Il mio passato mi ha fatto desiderare di trovarmi una famiglia tutta mia. Di crearne una, di fare dei figli da ricoprire con l'amore incondizionato che io non ho mai conosciuto.» Si portò la mano al proprio ventre.

«Io faccio l'insegnante,» mi disse Kady. «C'era un posto libero alla scuola in paese e l'ho occupato. L'ho fatto prima di sapere di essere incinta, prima di smettere di prendere la pillola, in realtà. Lavorerò fino a quando non nascerà il bambino, il che avverrà verso la fine dell'anno scolastico. Mi prenderò il congedo di maternità, poi ci saranno le vacanze estive. Abbiamo deciso che ci saremmo preoccupati allora del mio ritorno a scuola per l'anno successivo.»

Aveva senso. Era difficile prendere decisioni riguardo a qualcosa di così diverso, così difficile da comprendere. Un bambino? Follia.

«Io non voglio dei figli adesso,» dissi. «Dio, voglio fare l'infermiera, voglio essere autonoma. Indipendente.» L'idea di scoprire di essere incinta mi faceva sudare. Mi faceva venir voglia di assicurarmi che i ragazzi avessero un'enorme scatola di preservativi.

Lee entrò nella stanza, andò verso le casseruole e sollevò il coperchio da entrambe controllando all'interno. Con l'aria soddisfatta, venne da me e mi attirò in un abbraccio. Le sue dita mi passarono sotto il mento per sollevarlo così che fui costretta a guardarlo. «Non pensare nemmeno per un secondo che vogliamo soffocare i tuoi sogni. Ti desideriamo così come sei.» Fece un cenno del capo in direzione di Kady e Penny. «Queste due possono anche voler sputare fuori una manciata di bambini subito, ma io sono un po' egoista.»

«Voi uomini o avete un udito bionico o ci state tutti origliando,» commentò Penny.

Lui non negò. Volevano lasciarci un po' di spazio, ma di certo gli piaceva intromettersi. Controllarci, prenderci per il sesso. Per dei baci. Ficcare il naso.

La mano di Lee mi corse giù lungo il collo, poi ancora più in basso fino a prendermi un seno, ignorando Penny. Io trasalii a quella palese palpata. «Non ho intenzione di condividere queste con un bambino. Mi basta già condividerle con Archer e Sutton. Quando sarà ora, quando sarai pronta, non dovrai rinunciare alla tua carriera per prenderti cura di un figlio»

«Oh?» Deglutii, senza sapere come rispondere. Era il momento in cui avevo visto Lee più serio, sebbene avesse la mano sulla mia tetta. Aveva assunto un'espressione dall'intensità a livello Sutton.

«No. Voglio farlo io, quello. Stare a casa con i bambini. Fare il Mammo.»

Kady emise un piccolo verso di sorpresa, ma io non la guardai. Nemmeno Lee. Era concentrato solamente su di me. Stava seriamente dando del filo da torcere all'intensità di Sutton.

«Davvero?» sussurrai io. Il suo pollice mi accarezzò il capezzolo ed io ne sentii la scarica fino alle dita dei piedi.

Lui annuì una volta, un ricciolo di capelli ribelle che gli ricadeva sulla fronte. «Mi rimangono solamente un anno o due da professionista. La pensione arriva prima nel mio lavoro.»

Non aveva molto più di trent'anni, ma riuscivo ad immaginare come potesse essere dura per il suo corpo, farsi sbalzare e sballottare qua e là da un toro infuriato.

«Se sono in grado di tenere a bada dei vitelli, saprò fare lo stesso con dei bambini,» aggiunse con un ghigno malizioso. «Voglio restare a casa e prendermi cura di tutti quei figli che ci darai.»

«Tutti quei figli?» sbottai, poi per metà risi e per metà sorrisi. «Ti ci vedo.»

Era vero. Era un tipo talmente rilassato, talmente scherzoso che sarebbe stato un padre meraviglioso. Un fantastico padre casalingo. Ma ciò che stava dicendo comportava un impegno a lungo termine. Non voleva starsene a casa con un qualsiasi manipolo di bambini. Voleva stare a casa con i figli che avremmo fatto *insieme*.

Chinandosi, mi baciò. «Fino ad allora, non faremo che allenarci a fare quei bambini. Cominceremo più tardi.»

Il suo pollice ed indice mi pizzicarono il capezzolo un attimo prima di lasciarmi andare del tutto.

«Okay.» Che altro avrei potuto dire, specialmente dal momento che anche Sutton voleva un *più tardi*? «Um, Lee?»

«Sì, piccola?» mi chiese.

Io mi schiarii la gola. «Decisamente più tardi.»

Di certo sapeva come infilarsi nelle mie mutande con qualche bella parolina... e stava facendo un gran bel lavoro nell'insinuarsi anche nel mio cuore. Le mie ovaie erano già pronte a produrgli qualche ovulo da fecondare.

Il suo sguardo si posò sulle mie labbra. «Più tardi. È arrivato Archer. È il momento di parlare di quello che è successo la scorsa notte, e non intendo ciò che abbiamo fatto sul tavolino da caffè.»

Mi fece l'occhiolino e se ne andò, lasciandomi con Kady e Penny che insistevano nel volere i dettagli piccanti.

10

Sutton

«Vuoi andare con lui, vero?» mi chiese Cricket.

Ci trovavamo sulla veranda a guardare tutti che andavano via, i SUV e i pickup che sollevavano la polvere allontanandosi lungo il vialetto. Kady e Penny se n'erano andate coi loro uomini per tornare a casa, Archer da solo diretto a Missoula. Il sole stava calando; avevamo parlato per tutta la mattina o almeno per quello che ne era rimasto dopo che Cricket si era finalmente alzata. Dopo aver sentito di come si fosse impegnata duramente nel lavorare a tempo pieno e studiare, e quanto l'avessimo tenuta sveglia fino a tardi, si meritava una mattinata di sonno. Mi riempiva anche di un ridicolo orgoglio maschile sapere che io, Archer e Lee l'avessimo sfinita fino a quel punto.

Anch'io avevo dormito profondamente. Niente incubi. Magari allontanarli con una scopata era la cosa giusta da fare. Ma poi ripensai alla notte in cui avevo conosciuto

Cricket al rodeo, quando me l'ero portata nel mio letto in albergo. Dopo averla scopata due volte, ci eravamo addormentati, ma l'incubo era arrivato. L'avevo afferrata, pensando si trattasse di un rivoltoso. Lei aveva urlato, strattonandomi abbastanza da svegliarmi solamente per farmi scoprire che le avevo lasciato dei lividi su quella bellissima pelle. Avrei potuto fare di peggio.

Ecco perchè l'avevo lasciata con Archer e Lee la sera prima. Col cazzo che l'avrei ferita di nuovo, anche se non intenzionalmente. Ecco il vantaggio di rivendicarla assieme ai miei due migliori amici. Non sarebbe mai stata sola la notte. C'era chi l'avrebbe abbracciata, tenuta al caldo d'inverno, perfino scopata se fosse stata vogliosa. Ma non sarei stato io. Io avrei volentieri soddisfatto ogni sua necessità *fuori* dal letto e quando non ci fosse la possibilità che mi addormentassi.

«Sì, voglio andare con Archer.» Chinandomi, le diedi un bacio sulla testa. «Cazzo, sì.»

In gruppo, avevamo parlato durante il pranzo – io e Cricket assieme ad Archer, Lee, Cord, Riley, Jamison e Boone. Anche Kady e Penny. Avevamo ascoltato Cricket che ci riferiva i dettagli che conosceva. Nomi, luoghi, come avesse ripagato il proprio debito, come fossero andati a casa sua, praticamente per rapirla, cazzo, dove l'avessero portata. Ci era voluta più di un'ora, poi ad Archer era servito il resto del pomeriggio per lavorare assieme alla polizia di quella giurisdizione per organizzare un arresto. Di notte sarebbe stato meglio, con l'oscurità a proteggerci, l'effetto sorpresa, e avremmo saputo dove cazzo trovarlo – allo strip club.

Avvolsi le braccia attorno alla vita di Cricket, attirandola a me. Era calda, morbida e perfetta nel mio abbraccio. Sembrava... giusta. Un'ondata di serenità mi travolse. Per un anno mi ero chiesto dove fosse. Diamine, mi ero chiesto *chi* fosse. Mi ero rimproverato ogni singolo giorno desiderando di averle detto qualcosa per farla restare, se non altro mi avrebbe dato il suo maledetto numero di telefono.

Ma lei era lì. Quelli erano i suoi terreni e non sarebbe andata da nessuna parte. Toccava a me impedirmi di rovinare tutto. Da sopra la sua testa, lanciai un'occhiata a Lee, vedendo la stessa determinazione che provavo io.

Gli uomini che avevano molestato Cricket sarebbero finiti in galera. No, non l'avevano solamente *molestata*, praticamente l'avevano venduta sessualmente, trattenendola contro la sua volontà e minacciandola se non si fosse esibita in atti osceni e inappropriati e aspettandosi performance sessuali come rimborso di soldi che molto probabilmente non sarebbero mai finiti. Erano quelle le parole eleganti che aveva usato Riley, quelle che la polizia locale *avrebbe* utilizzato sul mandato d'arresto.

Archer era diretto a Missoula per incontrarsi con loro e accertarsi che accadesse. Anche se non si trattava della sua giurisdizione, erano stati più che generosi nel lasciarlo partecipare all'arresto, seppure in semplice posizione di supporto.

Mi metteva a mio agio sapere che ci sarebbe stato lui, che si sarebbe assicurato di vedere quei tizi in manette e fuori dalla circolazione. Che nessuno dei due avrebbe più potuto costituire una minaccia per Cricket, o per qualunque altra donna, mai più.

«Se si trovasse là, Sutton finirebbe solo col farsi arrestare,» disse Lee, il che fece voltare la testa a Cricket per guardarlo.

Era la dannata verità. Sarei finito dietro le sbarre perchè invece di dare a quello stronzo il diritto di restare in silenzio e di avere un avvocato, sarebbe morto. Quel bastardo voleva sfruttare i più deboli? Intimidire le donne? Costringerle a fare oscenità? Sì, l'avrei fatto finire nel bagagliaio del mio furgone come un alce durante la stagione di caccia. Avevo ucciso per Kady. L'avrei fatto per Cricket senza nemmeno battere ciglio. Avevo ucciso delle persone quando ero stato schierato sul campo, il confine decisamente labile tra chi fosse effettivamente il nemico e chi no quando ci si trovava in un deserto straniero. La cosa mi tormentava. Ma quello non l'avrebbe fatto. Tenere Cricket al sicuro era la mia priorità massima.

Ed Archer lo sapeva, ed ecco perchè io mi trovavo sulla veranda mentre lui era andato a occuparsi della faccenda.

«Kady mi ha detto che hai ucciso il tizio che ha fatto irruzione in casa,» disse lei, la voce morbida.

Io mi irrigidii. Il mio cuore fu attanagliato dal panico. Ciò che era accaduto non era un segreto. Chiunque dei ragazzi presenti quella notte avrebbe fatto lo stesso. Io ero solamente arrivato per primo. «È così. Ti faccio paura?»

«Perchè stavi proteggendo mia sorella?» Lei sollevò la testa, guardandomi, studiandomi come se si stesse chiedendo se fossi serio.

Annuii.

«Certo che no. Sono fiera di te.»

Era fiera di me? Avevo *ucciso* qualcuno. Portavo delle cicatrici; non fisicamente, ma di certo dentro di me. «Lo rifarei per te.» Le accarezzai una guancia con le nocche.

«Ripeto, è per questo che noi ci troviamo qui mentre Archer va alla ricerca dei cattivi,» disse Lee, chiudendo il cerchio e facendo il punto della situazione come era nella sua natura. Io ero troppo serio. Al solito.

«Ci chiamerà quando saranno in custodia,» le dissi, stringendola con fare rassicurante.

«Cosa dovremmo fare fino ad allora?» chiese Lee, facendo passare un braccio attorno alla vita di Cricket e attirandola a sé. Le fece il solletico e lei rise, dimenandosi.

«Kady ha detto che Cord e Riley hanno fatto sesso con lei qui in veranda.»

Lee le sfregò il naso contro il collo mentre io guardavo la

ringhiera della veranda sotto una luce completamente nuova. «Kady parla troppo.»

«Voi ragazzi avete detto più tardi.» Lei guardò Lee, poi me. «Adesso è più tardi.»

Eccome se lo era. Eravamo soli. Avrei solamente voluto che ci fosse anche Archer, ma non l'avremmo sempre presa insieme. Avrebbe avuto del tempo per stare da solo con lei quando fosse tornato. Fino ad allora, Cricket era tutta nostra.

Lee rise. «Esatto, piccola. Ora dì ai tuoi uomini che cosa vuoi.»

«Voglio... voglio che assumiate voi il controllo.» Perfino alla luce tenue del crepuscolo, riuscivo a vedere che stava arrossendo. Il modo in cui non voleva incrociare i nostri sguardi rendeva più tenero il suo bisogno di sottomettersi e incredibilmente dolce la sua innocenza.

Le sollevai il mento, aspettando fino a quando i suoi occhi non incrociarono i miei. «Brava ragazza. Ma non ho intenzione di condividerti col mondo intero. Porta quel bel culo dentro casa.» Con una sculacciata scherzosa, la mandai nella giusta direzione. Io e Lee ce ne restammo lì in piedi a guardare il suo didietro che ondeggiava mentre varcava la porta d'ingresso. Quando si lanciò un'occhiata alle spalle per guardarci e rivolgerci un sorriso malizioso, ebbi la certezza che avevamo trovato la ragazza perfetta per noi.

«Siamo completamente fottuti, lo sai?» mormorai.

Lee allungò una mano per darmi una pacca sulla spalla. Sogghignò. «Non vorrei nulla di diverso.»

Seguì Cricket in casa, le dita che aprivano già i bottoni della camicia, ed io non potei fare a meno di sorridere.

«Levati quei vestiti, piccola. È tutto il giorno che mi stuzzichi già solo respirando.»

Il mio uccello si gonfiò per mostrarsi d'accordo con le sue parole. Il solo vederla, il suo profumo, mi facevano bramare di trovarmi dentro a quella fica dolce. Mi chiusi la porta alle spalle, girai la chiave nella serratura e li seguii in salotto.

Cricket si fece passare la maglietta sopra la testa, scoprendo lo stesso reggiseno della sera prima. Mi ricordai allora, per quanto con difficoltà, dal momento che stavo pensando con l'uccello invece che col cervello, che non aveva altri abiti. Quando quel bastardo si fosse trovato dietro le sbarre, saremmo andati con lei al suo appartamento. Non mi aspettavo che si trasferisse al ranch, specialmente col fatto che la sua scuola distava almeno due ore, ma avrebbe avuto bisogno di vestiti fino a quando non fosse tornata a casa.

Quando si calò i jeans sui fianchi e lungo le gambe chilometriche scoprimmo che-

«Cazzo, piccola,» imprecò Lee, tirandosi via la camicia dal braccio e lasciandola cadere a terra. «Sei stata senza mutandine per tutto il giorno?»

Lei si morse un labbro annuendo, i capelli che le scivolavano sulle spalle nude.

Sì, avremmo anche potuto prendere degli abiti dal suo appartamento, ma mi piaceva quel look spoglio. Di sicuro le mutandine sarebbero state un optional.

Lee si slacciò i jeans, ne tirò fuori l'uccello e se lo afferrò alla base. «Vedi cosa mi fai? Sono così da stamattina, cazzo.»

Si chinò, afferrò un cuscino dal divano e lo gettò a terra. Lo indicò. «Lì, in ginocchio. Voglio quella bella bocca attorno al cazzo.»

Lee non era davvero un dominatore. Riuscivo a vedere che il suo tono non dava a Cricket la sensazione che avesse lui il comando, che sarebbe stata sculacciata se non avesse obbedito o non avesse pronunciato la sua parola di sicurezza. Ma il sorriso che gli aveva fatto portare a letto un sacco di donne funzionava anche con Cricket. E adesso che ce l'avevamo, era rivolto solamente a lei. Conoscevo Lee, sapevo che

non voleva nessun'altra all'infuori di lei. Che il suo uccello era duro per lei e per nessun'altra.

Finendo di togliersi i jeans con i piedi, lei camminò nuda fino al cuscino e si mise in ginocchio.

Cazzo.

Lee le si avvicinò in modo che la punta della sua erezione si trovasse a pochi centimetri dalle sue labbra seducenti. Si voltò a guardarmi. «Amico, hai intenzione di unirti a noi o stai a guardare?»

Dalla sua fantastica posizione di fronte a Lee, Cricket alzò lo sguardo su di me, gli occhi pieni di passione. Era lì con noi, anima e corpo. Aveva le guance arrossate, le labbra dischiuse. Con la pelle pallida, le curve morbide e i seni pieni, era bellissima. I capezzoli erano di un rosa chiaro e puntavano in alto, duri. Mi venne l'acquolina in bocca e il desiderio di assaggiarli di nuovo. Il suo ventre era leggermente curvo e i suoi fianchi pieni. Dal modo in cui era seduta con le ginocchia divaricate, sapevo che Lee riusciva a vederle la figa.

Era nostra. Impaziente. Pronta. Vogliosa.

Ed io me ne stavo da parte con l'uccello ancora dentro ai miei cazzo di jeans. Mi spostai per trovarmi fianco a fianco con Lee. Lui arricciò un dito e lei si sporse in avanti, facendogli scorrere la lingua sull'uccello come se fosse stato un leccalecca.

Sì, sarei venuto già solo guardando quella scena. Mi slacciai i jeans, ne tirai fuori l'uccello e me lo accarezzai, osservando Cricket che passava la lingua su quello di Lee per poi prenderlo in bocca. Lui spinse in avanti i fianchi e lei lo prese più a fondo. Allargò le narici mentre respirava e sollevò una mano per afferrare la mia erezione. Io scostai le dita e lasciai che se ne occupasse lei, scivolando su e giù lungo il mio uccello mentre succhiava quello di Lee.

Cazzo, era bellissimo. La sua mano era piccola, le dita non riuscivano a fare il giro completo nonostante la presa salda. Quando mi fece scorrere il pollice sulla punta, per poi passare sul punto sensibile dietro, gemetti.

«Fantastico, cazzo,» Lee praticamente ringhiò. «Fai sentire anche a Sutton quella bella boccuccia.»

Lei si ritrasse e sollevò lo sguardo su di noi tra le sue ciglia scure. Così sottomessa, così bella. Si girò, il cuscino che sfregava sul pavimento di legno mentre si avvicinava a me. Mi prese subito a fondo, incavando le guance e cercando praticamente di succhiarmi fuori il seme dai testicoli al primo tentativo.

E ce l'avrebbe pure fatta. Non sarei durato a lungo.

«Cazzo, piccola. Sono come un ragazzino. Sto per venire e mi hai a malapena preso in bocca.»

Feci un passo indietro, lasciandomi cadere pesantemente sul divano. Ero completamente vestito con i pantaloni abbassati sui fianchi e il cazzo di fuori. Lei mi fissava con occhi scuri, carichi del fuoco della passione. Le sue labbra erano rosse e gonfie per averci succhiati, i capezzoli pieni e morbidi. Adesso riuscivo a vederle la passera, perfino nella penombra, i riccioli scuri che scendevano in una linea netta che conduceva alla perfezione. A un dolce paradiso.

«Sei bagnata, piccola?»

«Sì,» sussurrò lei.

«Fammi vedere.»

Lee fece un passo indietro, incrociando le braccia sul petto nudo. Il suo uccello puntava dritto verso di lei e sapevo che nessuno dei due sarebbe resistito a lungo senza infilarlesi dentro. Ma non l'avremmo presa prima che fosse stata pronta. Dovevamo sapere che era sulle nostre stesse frequenze.

Lei si fece scivolare una mano tra le cosce e sulla figa. Chiuse gli occhi mentre rilassava le spalle.

«Questa sì che è una bella vista,» dissi.

Con la coda dell'occhio, riuscii a vedere Lee che se lo menava.

Cricket mi guardò, sollevò la mano e ci mostrò come le sue dita fossero bagnate del suo miele appiccicoso.

Lee andò da lei, la aiutò ad alzarsi, poi si portò la sua mano alla bocca e le leccò le dita.

«Non posso aspettare, piccola. Se non sei pronta dimmelo, perchè la tua bocca è decisamente troppo bella.»

«Sono pronta,» rispose lei quasi con impazienza.

«Allora dai subito un bacio a Sutton perchè quella tua bocca sarà presto impegnata.»

Lei venne da me, si chinò e mi baciò. Le sue labbra furono così dolci... per un nanosecondo, dal momento che nessuno dei due riuscì a trattenersi. Aprimmo la bocca, intrecciando le lingue. Io le feci passare una mano dietro il collo, le dita che si infilavano tra i suoi capelli, afferrandoli e strattonandoli. La tenni ferma contro di me.

Le presi un seno nell'altra mano, facendo scorrere il pollice avanti e indietro sul capezzolo. Lei trattenne il fiato ed io ingoiai il suo gemito. Era troppo. Avevo bisogno di entrarle dentro. Subito.

La spinsi indietro così che le nostre labbra si separassero e lei si trovasse di nuovo in piedi. Indicando Lee con la testa, dissi, «Fa' quello che ti dice, piccola.»

Lei aveva le labbra rosse e gonfie, lo sguardo velato.

«Mettiti sul bracciolo del divano e prendi l'uccello di Sutton in bocca. Guardalo; tutto quel liquido preseminale che aspetta che tu lo lecchi.»

Era vero, avevo i testicoli che praticamente straboldavano. C'era del liquido chiaro che mi scorreva lungo la punta del pene fino alla base. Cricket si spostò verso l'estremità più corta del divano, appoggiò le cosce al bracciolo imbottito e poi si chinò in avanti. La mano di Lee tra le sue scapole l'aiutò fino a quando la sua bocca non si trovò appena sopra al mio uccello. Io sentii il suo respiro caldo colpirmi la pelle sensibile un attimo prima che mi prendesse a fondo.

Gemetti, impennando i fianchi verso l'alto, ma facendo attenzione a non esagerare.

Lee le diede una leggera sculacciata sul sedere. «Brava ragazza. Sei pronta?»

Tirando fuori un preservativo dalla tasca dei jeans, ne aprì rapidamente la confezione di alluminio per infilarselo. Si allineò alla sua apertura ed io lo guardai scivolarle dentro, scomparendo nella sua figa.

Piegò la testa verso il soffitto, chiudendo gli occhi. «Perfetta. Così stretta, cazzo.»

Riuscivo a sentire quanto fosse bagnata, ma non potevo concentrarmi su quello. La sua bocca era il paradiso, mi succhiava e leccava con la voracità di una donna pronta a venire. Il mio cervello non riusciva a riflettere, per cui le ravviai i capelli, la presi per la nuca e la guidai delicatamente come piaceva a me.

Lee se la scopò, i loro corpi che sbattevano l'uno contro l'altro. Visto il modo in cui lei mi stava piantando le dita nelle cosce, sapevo che era vicina all'orgasmo. Anche Lee, dal momento che si era chinato in avanti, infilando una mano tra lei e il divano per accarezzarle il clitoride.

Lei gemette e quelle vibrazioni furono la mia fine. I miei testicoli si contrassero e non riuscii a trattenermi. Premetti la testa contro lo schienale del divano, tendendo ogni muscolo mentre il mio seme si riversava nella morsa della bocca di Cricket. Lei deglutì, sentii i movimenti della sua gola mentre mi prendeva tutto.

Cazzo. «Cazzo!» Gridai a nessuno. Quel piacere violento mi mandò in fumo il cervello, saziò il mio corpo e mi fece adorare Cricket. Non perchè fosse brava a succhiare cazzi. No, di quelle ce n'erano un mucchio.

Quando sollevò la testa, leccandosi le labbra e poi facendo

scorrere la lingua sull'ultima goccia di liquido perlato che mi scivolò fuori, seppi che era perchè era così generosa, così impaziente di farmi sentire bene. Prendendola per una spalla, la sollevai così da poterla baciare. Sentii il mio sapore, ma non me ne fregò un cazzo.

Era il momento di Cricket di venire.

«Una così brava ragazza, che ti scopi i tuoi uomini in questo modo. È ora che tu abbia il tuo orgasmo,» le dissi, i nostri sguardi che si incrociavano e indugiavano l'uno nell'altro.

Lee aveva rallentato mentre io venivo, ma aumentò di nuovo il passo.

Cricket aveva gli occhi che brillavano, le guance rosse.

«Vieni,» le dissi, con voce profonda.

Lei lo fece, che fosse stato per il mio comando o per l'abilità di Lee, non avrei saputo dirlo. Non me ne fregava un cazzo. Ma avevo una visuale perfetta del suo piacere e Lee la seguì a ruota, i loro versi che si mescolavano. Cazzo, guardarla venire era la cosa più bella del mondo. Persa, abbandonata alla passione del suo corpo che le avevamo acceso noi, era così speciale.

Era disinibita, con noi. Era un regalo speciale.

Lei era un regalo speciale.

Dopo che Lee si fu tirato fuori, la presi in braccio mentre lui si occupava di buttare via il preservativo. La sua pelle era calda e umida di sudore, i suoi muscoli rilassati. Appoggiò la testa al mio petto e la mano sopra al mio cuore. Pensando che avrebbe preso freddo, allungai un braccio, afferrai una coperta dallo schienale del divano e gliela misi addosso.

Quando Lee fece ritorno, aveva i jeans allacciati e l'aspetto flaccido e soddisfatto di un maschio dopo una bella scopata. Immaginai di avere anch'io la stessa espressione, dal momento che non c'era dubbio che mi sentissi proprio così.

«Si è addormentata,» mi disse, la voce bassa mentre la osservava. «Portiamola a letto di sopra.»

Altro che relax.

«Una camera da letto diversa,» chiarì Lee, pensando indubbiamente che non volessi nemmeno avvicinarmi di nuovo alla camera da letto principale dopo aver ucciso quello stronzo.

Ma non era quello. Non avrei dormito assieme a Cricket, rischiando che ci fosse la possibilità che le facessi di nuovo del male. Mi alzai, spostandomi in modo da tenerla salda tra le mie braccia. Aveva ragione; si era addormentata, non si mosse minimamente.

«Tieni. Portala tu a letto.» La passai a Lee, mi sistemai i pantaloni, poi le accarezzai i capelli scostandoglieli dal viso. Mi allontanai.

«Sutton,» mi chiamò Lee.

Io mi voltai sulla porta.

«Non le importerà se la svegli,» mi disse, sapendo dei miei incubi.

Io strinsi la mandibola, il mio corpo talmente teso che era come se non avessi appena avuto un orgasmo. «Importerà a me. Non ho intenzione di farle del male. Con te è al sicuro.»

Girai i tacchi e uscii di casa. Cricket sarebbe rimasta con Lee. Lui l'avrebbe tenuta d'occhio. Amata. Io la volevo, ma non potevo darle tutto.

11

RICKET

«Sutton?» chiesi mezza addormentata, sentendo qualcuno entrare nella stanza.

Percepii il letto muoversi alla mia sinistra e pensai che Sutton avesse cambiato idea sul dormire da solo nella baracca.

Sentii il bacio morbido sulla mia spalla nuda. «No, piccola, sono io.»

Archer. La sua voce era a malapena più di un sussurro mentre scivolava sotto le coperte. Il suo peso mi fece rotolare leggermente verso di lui e mi passò un braccio attorno alla vita, attirandomi a sé nella posizione del cucchiaio. Il suo profumo era diverso da quello di Lee. Più boschivo. Più oscuro. Era nudo, la sua pelle calda, ed io percepii ogni singolo centimetro del suo corpo. Specialmente i circa venti centimetri che mi premevano contro il sedere.

Lee si agitò davanti a me, ma non si svegliò. Era a pancia

in giù, un braccio alzato sopra la testa e infilato sotto il cuscino. Ad un certo punto mi ero svegliata con la necessità di fare pipì, scoprendo che Lee era l'unico lì con me. Sutton se n'era andato. Mi aveva *lasciata* con Lee.

Sebbene non mi dispiacesse la presenza del professionista di rodei, non era tipo da coccole, preferendo spaparanzarsi per bene mentre dormiva. Archer, però, era l'opposto. Non si sarebbe riuscito ad infilare un foglio di carta tra noi due. Al buio, accoccolata tra le sue braccia, mi sentivo al sicuro e protetta. Non che Lee mi avesse trascurata addormentandosi a venti centimetri da me invece che venti millimetri, ma ero il tipo di donna a cui piaceva farsi abbracciare, dormire addosso a qualcuno. Con entrambi nel letto con me, stretti l'una agli altri a meno di un metro di distanza, mi sentivo... appagata. L'unica cosa che mancava era Sutton.

La mia mente si accese ed io mi voltai nell'abbraccio di Archer per poterlo guardare, vidi il profilo della sua testa, il bianco dei suoi occhi. «Sono felice che tu sia qui,» sussurrai di rimando. «Ho solo pensato che potessi essere lui.»

«Non è colpa tua, piccola,» mi disse.

Non volevo parlare di Sutton o del motivo per cui preferisse dormire da qualunque altra parte tranne che con me. Non in quel momento e non con Archer. Non eravamo alle medie; avrei parlato direttamente con Sutton quando fosse stato il momento giusto. Tecnicamente lo conoscevo da solo tre giorni, non abbastanza da trovare un filo conduttore al suo comportamento, ma di sicuro ce n'era uno. Mi voleva, mi desiderava. Mi rispettava perfino, ma si rifiutava di condividere un letto con me.

«L'avete preso?» chiesi, riferendomi a Schmidt e Rocky.

Archer mi accarezzò i capelli, poi mi fece scivolare la mano lungo il braccio e sopra la vita per posarla sul mio fianco. «Sì. Damon Schmidt e Richard Blade si trovano ora in custodia presso il dipartimento di polizia della contea di Missoula.»

Sollevata, sospirai, mi chinai in avanti e gli baciai il petto nudo. La sua pelle era calda, i peli corti mi solleticarono le labbra. Schmidt e Rocky erano fuori dalla circolazione e non mi avrebbero più disturbata. Non si sarebbero presentati nel mio appartamento, non mi avrebbero molestata o minacciata. E non avrei dovuto indossare il costume da infermiera spogliarellista. «Bene. Grazie.»

«Dovrai rilasciare una deposizione ufficiale, ma poi basta. Domani faremo quello e ti porteremo al tuo appartamento.»

Io mi irrigidii e la sua mano prese a muoversi sul mio fianco e sulla mia coscia, accarezzandomi.

«Volete... volete che me ne vada a casa? Questa casa, il ranch, sono miei e posso...»

«Ssh, non agitarti o sveglierai Lee. Non voglio che tu te ne vada. Ma probabilmente vorrai fare qualche valigia, prendere dei vestiti, magari anche un caricabatterie o qualcosa del genere.»

Mi rilassai. Mi resi conto che aveva ragione. Non potevo indossare quei jeans e quella maglietta per tre giorni di fila e per quanto gli uomini sembrassero contenti che non indossassi delle mutandine, non è che a me piacesse più di tanto. «Sì, è vero.»

Dovevo tornare a Missoula per l'inizio del semestre, ma ci sarebbero volute altre due settimane. Dal momento che non dovevo lavorare, non c'era bisogno che mi precipitassi a casa.

«Piccola, questa cosa tra di noi, tra tutti e quattro noi, be', abbiamo fatto le cose al contrario.» Si sporse in avanti e mi baciò sulla fronte. Il suo alito sapeva di menta, come se si fosse appena lavato i denti.

Io sollevai una mano, gliela passai tra i capelli, sentendoli leggermente umidi, probabilmente per via di una doccia.

Sorrisi, ma non poteva vederlo nel buio. «Molto al contrario.»

Sutton mi era piaciuto fin dall'inizio. Gli era stato facile conquistarmi e portarmi nel letto della sua camera d'albergo nel giro di un'ora. Poi Lee ed Archer si erano uniti a noi la notte successiva e... non avevamo parlato molto. Li conoscevo a livello sessuale, a un livello che non comprendevo, ma non sapevo molto di loro. Sapevo che Archer viveva a Barlow, ma aveva fratelli o sorelle? Era allergico a qualcosa? Gli piacevano i film dell'orrore? E Sutton e Lee? La maggior parte delle donne usciva con un uomo solo e già quello era abbastanza difficile da gestire. Io me n'ero presi tre.

Ne *volevo* tre.

«Per quanto questa cosa sia difficile, è reale. Hai appena conosciuto le tue sorelle, ma anche la loro relazione con i loro uomini è stata rapida. Ho pensato che Cord e Riley fossero impazziti per aver perso a quel modo la testa per Kady, ma poi ho capito che erano pazzi d'amore. Lo stesso è successo a Jamison e Boone con Penny. L'hanno saputo tutti. All'istante.»

Fermai le mie mani tra i suoi capelli. «Mi stai dicendo che è amore a prima vista?» sussurrai.

«Per loro? Non posso dirlo con sicurezza, ma li hai visti anche tu insieme. È intenso. L'amore è palese.»

Vero.

«Per me?» aggiunse, poi fece una pausa, come se stesse pensando alle parole giuste. «Diamine, era buio come adesso la notte che ci siamo conosciuti, ma sapevo di desiderarti. Ho saputo, quando ci siamo svegliati e tu te n'eri andata, che eri quella giusta.»

«Vi siete svegliati arrabbiati perchè vi siete ritrovati a letto con altri due uomini,» ribattei io.

«Come fai a saperlo?» mi chiese lui, e sentii l'umorismo nel suo tono di voce.

Sorrisi, ripensando a quei tre tipi molto virili e molto etero che si svegliavano vicini. «Ho tirato a indovinare.»

«Sutton era nell'altro letto matrimoniale, da solo. Lo vedi come dorme Lee, per cui non è che io e lui fossimo proprio abbracciati. Però sì, eravamo giusto un po' nervosi quando abbiamo scoperto che la nostra Riccioli d'Oro dai capelli neri se n'era andata.»

Odiavo averli feriti, ma non l'avevo saputo, non mi ero aspettata che mi volessero veramente per più di un weekend di follie. Adesso sapevo come stavano le cose. «Mi dispiace.»

«Lo so. E non è colpa tua.» Con la mano che mi stringeva un fianco, mi attirò più vicina a sé, facendomi scivolare facilmente sulle lenzuola lisce. «Avremmo dovuto dirti quello che provavamo.»

Lee si agitò alle mie spalle e si spostò più vicino, così da mettersi lui dritto alle mie spalle. Mi posò una mano sulla coscia sotto a quella di Archer. Chiaramente, non stava dormendo.

«Esatto, piccola.» La sua voce era roca per via del sonno. «Avremmo dovuto dirti ciò che provavamo. Potevamo anche essere gli amici che Sutton aveva chiamato per soddisfare una delle tue fantasie, ma non era solo questo. No?»

Io scossi la testa, ma probabilmente non potevano vedermi. «No.»

«Chiudi gli occhi.» Percepii Archer muoversi, sentii il fruscio delle lenzuola. La luce sul comodino si accese. Per quanto fosse fioca, quando riaprii gli occhi, dovetti sbattere le palpebre perchè si abituassero. Non ci trovavamo nella camera da letto principale, ma in un'altra lungo il corridoio. Non sapevo nulla di mio padre o di chiunque altro avesse vissuto nella casa principale assieme a lui, ma a giudicare dall'arredamento di quella stanza, era abbastanza neutrale da essere una stanza degli ospiti. Con un letto king size, doveva essere stata pensata per dei grandi cowboy come Lee ed

Archer o per una coppia. O un trio. Tutto ciò che mi importava era che nessuno era stato ucciso con un colpo di fucile lì dentro.

«Ecco,» disse lui. Mi fece correre addosso lo sguardo, posandolo sulla mia bocca. La sua barba era scura, folta. Nonostante si fosse fatto la doccia prima di unirsi a noi, non si era preso del tempo per radersi. Gli feci scivolare una mano sulla mandibola, sentendo la barba corta che graffiava.

«Non ho intenzione di trascorrere un'altra nottata a letto con te a luci spente a meno che non stiamo dormendo,» disse.

«E non dormiremo,» aggiunse Lee, facendomi rotolare sulla schiena così che entrambi potessero stagliarsi sopra di me.

Con due uomini a guardarmi dall'alto, sorrisi. Le parole di Lee celavano una promessa che a me stava più che bene. Non sapevo che ore fossero, tardi, o magari già quasi mattina. Non ero più stanca. Non con loro che mi guardavano come se fossi un bocconcino che volevano addentare.

«Io ti ho già avuta stanotte, piccola. Anche Sutton. Pensi che Archer dovrebbe avere il suo turno? Dopotutto è andato ad arrestare i cattivi,» aggiunse Lee, come se effettivamente quello potesse essere un incentivo a fare sesso con lo sceriffo.

Io lanciai un'occhiata ad Archer, che aveva spostato la mano sul mio seno, le dita che mi giravano attorno al capezzolo senza toccarlo. Si indurì subito per lui.

«Cos'hai fatto con Sutton e Lee, piccola?»

Nonostante mi trovassi nuda tra due uomini altrettanto nudi e uno di loro stesse giocando col mio seno, arrossii comunque violentemente a quella domanda. Dio, cosa avevo fatto con loro. «Io... um, loro-»

Lee ridacchiò. «Non ti piace parlare sporco?»

Io scossi la testa e mi morsi un labbro quando Archer finalmente mi passò un dito sul capezzolo.

«Ha succhiato l'uccello a Sutton mentre io la prendevo da dietro. Ti sei perso quanto fosse bella piegata a novanta sul bracciolo del divano.»

Il dito di Archer si fermò, il suo sguardo che incrociava il mio. «Nessuno si è preso il tuo ano?»

Io arrossii ancora di più. «No.»

A quel punto lui sogghignò, la sua mano che scivolava lungo tutto il mio corpo fino a stringermi le natiche. «Bene. Sai quanto amo prenderti lì.» Quando il suo dito scese ancora più in basso fino a quel punto oscuro che aveva rivendicato l'estate prima, aggiunse, «L'hai adorato anche tu. Non è vero?»

Io chiusi gli occhi, era impressionante la sua capacità nel rendermi così impaziente per una cosa così... intima e intensa. Fui di nuovo attraversata dal desiderio e mi bagnai all'istante. Volevo Archer. Volevo che Archer mi prendesse come aveva fatto l'estate prima. Di tutte le cose passive che avevo fatto, quella era la più intensa, quella che richiedeva più fiducia. «Sì.»

Gli uomini si guardarono, si scambiarono quella ridicola conversazione muta, poi si mossero.

«Lee ti ecciterà per bene preparandoti per il mio uccello,» disse Archer, dandomi un breve bacio sulle labbra. «Io torno subito.»

Sgattaiolò fuori dal letto e dalla camera ed io mi godetti una fantastica vista del suo sedere sodo e della schiena muscolosa mentre se ne andava. Era altrettanto notevole anche da quel lato.

Lee mi girò il mento così che tornassi a guardare lui. «Se Archer deve prendersi di nuovo quell'ano, allora tu dovrai implorare che lo faccia.» Mi sculacciò, poi si lasciò andare di schiena sul materasso. «Cavalcami la bocca, piccola.»

Cavalcargli la- oh!

Lui sogghignò, leccandosi le labbra. «Forza. Fammi mangiare quella figa.»

Io mi misi a sedere, gli feci passare una gamba sulla vita e salii fino a stargli a cavalcioni sulla testa. A quel punto prese lui il controllo, per fortuna, e mi afferrò i fianchi, abbassandomi così che la sua bocca si posasse su di me.

Tutto ciò che potei fare io fu annaspare e afferrare la testiera del letto. Mi leccò dalla mia apertura fino al clitoride e viceversa, passando la lingua lungo la fessura, aprendomi e tuffandosi all'interno, irrigidendola per scoparmi con essa. Poi tornò al mio clitoride. Gridai grazie alle sue abilità spietate e precise. Era come se avesse saputo esattamente come toccarmi. Quanto forte, quanto veloce ed esattamente nei punti giusti.

Archer tornò nella stanza, del tutto disinibito. Era difficile prestare attenzione al lubrificante e ai preservativi che teneva in mano mentre il suo uccello spiccava verso l'alto, spesso e lungo, e anche perchè Lee aveva un talento incredibile con la lingua.

«Cazzo, questa sì che è una bella vista.» Archer sogghignò, lanciando i preservativi sul letto. Chiaramente aveva riflettuto bene sul da farsi prima di venire lì e immaginai che fosse passato da casa a farsi la doccia e a prendere un po' di cose utili. Aprendo il tappo del lubrificante, se ne fece gocciolare un po' sulle dita.

«Pronta?»

Io scossi la testa, ma annaspai quando Lee fece qualcosa di magico con la lingua.

Salendo sul letto accanto a me, Archer mi baciò una spalla mentre la sua mano scivolava più in basso. «Non preoccuparti, lo sarai.»

12

RCHER

Due giorni. Due giorni in cui ero stato con Cricket ed era stato meraviglioso. A parte portarla all'ufficio dello sceriffo a Missoula per lasciare una deposizione riguardo a quello stronzo dello strip club e prendere un po' di vestiti dal suo appartamento, ci eravamo divertiti. Cavolo, no. Ce l'eravamo spassata. Merda. Non avrei saputo come dirlo. Non era nemmeno *spassarsela*. Era stato ancora meglio.

Di solito, i miei giorni liberi d'estate erano pieni di mattinate pigre passate nel letto, un paio di birre, magari una gita in barca per pescare e a volte forse anche un po' di campeggio. Non mi ero aspettato che Cricket ricomparisse semplicemente nelle nostre vite come per magia. Diamine, dopo un anno, non mi ero aspettato che ricomparisse affatto. Ma quei giorni di ferie erano stati incredibili. A parte il sesso, che era spettacolare, poterla conoscere, sveglia e vestita, era stata davvero una rivelazione. In primis perché *volevo* conoscere una donna quando eravamo svegli e vestiti. E poi non stavo pensando a spogliarla. Be', non proprio. Pensavo *sempre* a Cricket nuda, ma aveva ben altro oltre a delle bellissime tette e una figa perfetta.

Era intelligente. Motivata. Ambiziosa. Determinata. Dolce. Era tutto ciò che desideravo in una donna, ma che non avevo mai trovato perchè non avevo mai conosciuto *lei*. Era quella giusta. L'Unica. L'avevo capito quando le luci si erano spente quella prima notte nella camera d'albergo di Poulson. Lo sapevo da allora e da quel momento non avevo desiderato altro che riuscire a trovarla, cazzo. Essere uno sceriffo e non riuscire a rintracciare qualcuno era quasi crudele. E adesso che l'avevamo, sembrava semplicemente... come doveva essere.

Tranne che per Sutton. Quello stronzo doveva tirare fuori la testa dal culo. Sapevo che aveva attraversato un brutto periodo durante il servizio militare a cui non aveva mai accennato e mai lo avrebbe fatto. Lo aveva cambiato. Era tornato diverso dal suo ultimo periodo oltremare. Più cupo. Anche se adesso non era più in servizio, la luce che portava dentro di sé, la felicità spontanea che aveva sempre avuto, era sparita. Al suo posto? Oscurità. Tracce di disperazione. Senso di colpa. Tristezza.

Il weekend in cui aveva conosciuto Cricket ero stato felice che avesse trovato una donna da portarsi a letto, per lasciarsi andare e dimenticare. Permettere che per una volta fosse il suo uccello a comandare. Quando mi aveva scritto la notte seguente chiedendo che io e Lee ci unissimo a lui, che ci prendessimo quella donna insieme secondo una delle sue fantasie, ci eravamo stati alla grande. Cavolo, mi si induriva tutt'ora l'uccello al solo ricordo. Condividere una donna con degli amici rientrava nella lista di perversioni di qualunque uomo. Ma dopo pochi minuti nella stanza d'albergo di Sutton avevamo capito che era più di quello. Cricket era di più. Così come c'era di più dietro alla richiesta di lui di averci lì.

L'aveva desiderata, ma aveva avuto bisogno che ci fossimo anche noi. Aveva avuto paura di se stesso. Di poterle in qualche modo fare del male. Era impossibile. Conoscevo Sutton da quando eravamo bambini. Non avrebbe *mai* fatto del male ad una donna. Mai. A parte sua madre quando lo sculacciava, non era quel tipo di uomo. Ma nonostante fosse un'idea ridicola, lui ci credeva.

Cricket però se n'era andata. Scomparsa. A quel punto non aveva più avuto importanza. Non era rimasta, per cui non c'era motivo per cui lui dovesse preoccuparsi. Non si era mai interessato a nessun'altra donna. E nemmeno noi. Lui voleva Cricket.

Solamente Cricket.

Da quel giorno si era chiuso ancora di più in se stesso, era stato una gran rottura di palle. Cupo. Pensieroso. *Più* pensieroso del solito, il che era praticamente impossibile. Per un cazzo di anno intero era stato depresso, avrebbe voluto aver lasciato il suo numero a Cricket, rimpiangeva non averle detto quanto avesse significato per lui, per tutti noi.

Poi lei era ricomparsa. Era una cazzo di ereditiera Steele. Non sarebbe andata da nessuna parte. Sapevamo dove trovarla. Cavolo, era il fottuto capo di Sutton, nel caso non fosse bastato. Eppure, lui aveva paura di lei – anche se non lo avrebbe mai ammesso. Di se stesso insieme a lei.

Per due giorni, eravamo stati con lei. Eravamo andati a cavallo, avevamo fatto delle passeggiate. Parlato. Scopato. Scopato un sacco. Ma quando era giunto il momento di dormire, Sutton le aveva dato un bacio sulla fronte ed era uscito dalla porta d'ingresso. Dal momento che Cricket non era stupida, aveva capito che la cosa non era normale.

Era riuscita a strappargli dei sorrisi. A farlo ridere. Diamine, si era comportato in maniera spontanea e allegra.

Era stato l'uomo che lei desiderava. Responsabile, dominante e affettuoso. Un attimo era dolce e gentile, quello dopo tenebroso e impenetrabile, specialmente quando lei era in ginocchio e sottomessa. Cricket fioriva sotto il suo comando e lui adorava vedere una donna così bramosa del suo potere. Lei sapeva che Sutton aveva qualcosa che *non andava* e che era colpa sua. Nessun uomo con le palle integre – o con la testa a posto – avrebbe mai abbandonato Cricket quando avrebbe potuto tenersela nel letto al caldo e nuda tra le proprie braccia.

Tranne Sutton. Sapevo che le sue palle erano integre, ma non sapevo ancora se ci fosse con la testa o meno. Però lui non voleva parlare, per cui i miei pensieri continuavano a girare in tondo perchè per quanto adesso *avessimo* Cricket, Sutton era quello che ci aveva fatti incontrare tutti e sarebbe stato lui a farla scappare di nuovo.

Quando Sutton la baciò sulla fronte e se ne andò quella sera come tutte le altre da quando lei era ricomparsa, Cricket pianse. Io andai da lei, la strinsi tra le braccia e guardai Lee. Sembrava infuriato tanto quanto me. Quello stronzo l'aveva fatta *piangere*.

Non poteva farlo. Quella donna dolce, affettuosa e perfetta era turbata per colpa di Sutton. Le detti un bacio sulla fronte mentre ce ne stavamo in piedi nella cucina.

«Vuoi che vada a prenderlo a botte?» le chiesi, accarezzandole la schiena.

«Lo farò io,» aggiunse Lee, facendosi scrocchiare le nocche.

Lei si lasciò sfuggire una piccola risatina contro il mio petto, utilizzando la mia camicia per asciugarsi le guance. «No, sto bene. È solo che non capisco.»

«Non possiamo essere noi a dirti cosa passa per quella sua testa dura, piccola,» le disse Lee. «Deve essere lui a farlo.»

Lei annuì. «Hai ragione, ma fa male comunque. È come se fosse Dr. Jekyll e Mr. Hyde. È perfetto per tutto il giorno e poi... poof.»

«Facciamo così. Dimenticati di Sutton adesso. La versione che piace a tutti tornerà domani mattina. Nel frattempo, hai due grandi cowboy muscolosi pronti ad avverare ogni tuo sogno,» le dissi.

Vide il sorriso sul mio volto ed io lo rafforzai facendo occhiolino.

«*Ogni* mio sogno?» chiese lei, l'espressione che si addolciva. Le sue mani allentarono la presa sulla mia camicia e capii che si sentiva meglio.

«Ogni tuo sogno *erotico*,» chiarì Lee, accarezzandole la guancia con un dito.

Lei si morse un labbro e sollevò lo sguardo su di lui attraverso le ciglia.

«Oh, piccola, vorrei essere in grado di leggerti nella mente adesso,» aggiunse lui.

«Dicci,» la spronai.

«Be'...» cominciò lei. «Io... um, credo-»

Le sollevai il mento così che incrociasse il mio sguardo. Mi era venuto duro solo a sapere che stava pensando alle sue fantasie più oscure. Erano lì dentro, doveva solo dargli voce. Le avremmo soddisfatte tutte, cazzo. «Dicci.»

Quando lei rimase in silenzio le presi una mano e me la feci scorrere lungo la bottega dei pantaloni, lasciando che sentisse il mio uccello attraverso i jeans. «Questa è solo perchè stai respirando.»

Lee le prese l'altra mano e fece lo stesso con la propria erezione. «Due cazzi, piccola. Cosa ci vuoi fare?»

«Le tue manette,» mormorò lei.

Io aggrottai la fronte. *Manette*? Cazzo, sì.

«Sei stata cattiva?» le chiese Lee, spostando la mano così da afferrarla per il polso. Io la presi per l'altro.

La sua bocca si piegò in un sorriso. «Sì.»

Cazzo.

«Cosa si fa di solito con le cattive ragazze, sceriffo?» mi chiese Lee.

La nostra donna voleva fare un gioco di ruolo e Lee sembrava saperci fare. A me stava bene.

«Prima di tutto, dobbiamo perquisirla.»

Le lasciai andare la mano, ma non prima che lei avesse sentito il modo in cui il mio uccello si era ingrandito e allungato lungo la mia coscia.

«Ho le manette nel furgone. Tu perquisiscila e io vado a prenderle,» dissi a Lee. «Non vorremmo mai che ci scappasse.»

Guardai Lee voltarla verso il bancone della cucina, metterle le mani sul ripiano di granito e poi allargarle delicatamente le gambe con i piedi. Si mosse lentamente, osservandola per assicurarsi che fosse sempre d'accordo con quanto stava succedendo. Quando lei si morse un labbro e annuì leggermente, lui le le fece scorrere le mani sul corpo, in maniera lenta e del tutto inappropriata. Metterle una mano sul seno e farle scivolare l'altra sopra la figa avvolta dai jeans non rientrava decisamente nel manuale di procedura standard della polizia.

Corsi fuori – meglio che potei con una spranga di ferro nelle mutande – e afferrai le manette di scorta dalla console centrale del mio furgone. Quando feci ritorno, la maglietta e il reggiseno di Cricket erano a terra e lei era nuda dalla vita in su, i jeans aperti. Riuscivo a vedere il bordo superiore di pizzo rosso del suo tanga. I suoi bellissimi seni erano scoperti e i capezzoli duri.

«È stata molto cattiva,» disse Lee, chinato dietro di lei. «Ha tenuto nascoste queste mutandine per tutto il giorno.»

Quando eravamo andati con lei all'appartamento e lei

aveva riempito una borsa di vestiti, non ci eravamo di certo immaginati un *tanga*.

Lui le abbassò i pantaloni sui fianchi rivelando il modo in cui il pizzo scivolava verso il basso e andava a nascondersi tra le sue natiche. Quando il palmo della mano di Lee si abbassò in una leggera sculacciata, la sua pelle assunse subito un bellissimo colorito più roseo.

Lui mi guardò, sogghignando. «Le serviva una perquisizione senza abiti.»

Inarcai un sopracciglio e lei mi guardò tutta accaldata e agitata. Si morse un labbro e spinse indietro i fianchi. Sì, era decisamente d'accordo con quanto stava accadendo.

Sollevai le manette lasciandole penzolare da un dito. Sarebbe stata una lunga notte selvaggia.

E che Sutton se ne andasse al diavolo.

13

«Ehi, piccola,» disse Sutton. Venne da me, piegando il mento verso il basso così da poter incrociare il mio sguardo. «Che ci fai qui?»

La sorpresa nel suo sguardo si tramutò in palese felicità, se non altro da parte sua, con un angolo della bocca che si incurvava verso l'alto. Indossava la sua solita uniforme di jeans ben consumati e stivali in pelle, e quel giorno aveva una camicia grigia con il logo del bar del paese sul petto.

Ci trovavamo nelle stalle, l'odore pungente di animali e cuoio misto alla fresca brezza mattutina che entrava dalle porte aperte su entrambi i lati dell'edificio. Sutton e gli altri si trovavano probabilmente lì da ore a svolgere le loro mansioni necessarie per la cura e il benessere dei cavalli.

Non eravamo soli. C'erano molte altre persone che lavoravano nei paraggi, toglievano il letame dalle stalle, sistemavano il fieno. Patrick, se ricordavo bene il suo nome, stava conducendo un cavallo all'esterno per fargli trascorrere un po' di tempo nel pascolo sul retro. O almeno fu quello che immaginai visto che l'animale non aveva sella, ma solo una briglia.

«Ciao,» risposi io.

Archer doveva lavorare e se n'era andato prima dell'alba per tornare a casa e prepararsi al suo turno. Lee sarebbe partito per un rodeo a Buffalo, Wyoming, per cui ci eravamo già salutati. Mi eccitai ripensando a *come* ci eravamo salutati... sulle scale. Era la prima volta che andavo a cercare Sutton mentre lavorava, ma volevo fargli sapere che per quel giorno me ne sarei andata dal ranch. Ero cresciuta nel Montana; era importante far sapere agli altri dove si aveva intenzione di andare, anche in estate quando le possibilità di una tempesta di neve erano nulle.

Adesso che mi trovavo di fronte a lui, non ero più sicura di me stessa, cosa che odiavo. Non avrei mai voluto giocare a poker con lui, le sue espressioni erano sempre indecifrabili. La cosa mi rendeva nervosa. Nelle proprie azioni era sempre onesto e, per quanto fossero nascoste, avevo la sensazione di conoscere le sue intenzioni. Quando mi abbandonava ogni notte, però, mi venivano dei dubbi.

E non avrei più permesso che accadesse.

«Mi sei mancato la scorsa notte,» ammisi.

Lui appoggiò il forcone alla parete della stalla. «Avevi Archer e Lee a tenerti al caldo. E a giudicare dalla tua espressione, si sono presi cura di te.»

Non ero certa di come facesse a sapere che mi avevano regalato un sacco di orgasmi, che avevo i segni da sfregamento di una barba nell'interno coscia e un succhiotto sul seno destro. I miei jeans e la camicetta senza maniche non mostravano nulla di tutto quello. Forse uno dei ragazzi glielo aveva detto, ma ne dubitavo. Eravamo aperti gli uni con l'altra in ciò che facevamo, ma Sutton si era perso tutto il divertimento. Se avesse voluto sapere come mi avevano presa, quante volte fossi venuta, sarebbe potuto restare e concedermi lui stesso quegli orgasmi.

«La parola chiave di quella frase era *tu*. Mi sei mancato *tu* la scorsa notte,» chiarii.

Il suo piccolo sorriso svanì, assottigliò lo sguardo. Se non era a proprio agio, non lo diede a vedere. Era decisamente bravo a nascondere le proprie emozioni.

Io misi una mano sulla ringhiera, piegando la testa di lato. Mi ero raccolta i capelli in una treccia che mi scivolò lungo la schiena. «Perchè non resti con me?»

Lui fece un passo indietro. «È meglio così.»

«Meglio per chi?»

Patrick passò di lì e si tolse il cappello in cenno di saluto. Io gli rivolsi un sorriso, poi tornai a rivolgermi a Sutton.

«Per te.»

«Perchè?»

«È così e basta. Hai me per tutto il giorno e Lee ed Archer che stanno con te la notte. Che altro potresti volere?»

Che tu mi racconti i tuoi segreti.

Non sarebbe successo. Non era quello il luogo. Non eravamo davvero da soli e se avessi voluto farlo confessare, le stalle non erano il posto adatto. Se non me lo diceva nella privacy di un letto, allora di sicuro la stalla di un cavallo non avrebbe funzionato.

«Sto andando al mio appartamento.»

Lui sgranò gli occhi.

«Sono venuta solamente a salutarti.»

«Te ne stai andando? Ma pensavo che-» Chiuse gli occhi per un istante, poi li riaprì. Serrò la mascella.

Quando avevo pensato che non avesse emozioni, un attimo prima, mi ero sbagliata. Adesso sì che i suoi occhi erano vuoti. Completamente privi del calore, della bramosia, del desiderio e forse perfino dell'amore che mi aveva dimostrato. Non aveva *pronunciato* la parola che iniziava con la A, ma l'avevo percepito. Non era abbastanza, però.

«Okay.»

Okay?

Dio, avevo il cuore che esplodeva per lui. Il modo in cui mi tagliava fuori, il modo in cui era in grado di chiudersi in se stesso tenendo fuori perfino me...

Sarei andata a Missoula per il resto della giornata insieme a Penny per ritirare la posta e controllare un paio di cose. Dal momento che lei veniva dal North Carolina e non aveva visitato granché di questo stato, voleva dare un'occhiata a Missoula ed io le avrei fatto da guida turistica. Ma saremmo state via solamente quel giorno. *Una giornata.*

Sutton, però, pensava che me ne stessi andando. Per sempre. Che fossi venuta a dirgli addio. Avrei voluto ridere, roteare gli occhi e dirgli che se me ne fossi andata, se avessi rotto con lui, gli avrei detto qualcosa di più che *Sto andando al mio appartamento*. Ma quell'idiota era troppo cieco, troppo pronto all'idea che sarei fuggita via per vedere la realtà dei fatti.

Non l'avrei corretto, però. Volevo che mi fermasse, che mi prendesse per mano e mi dicesse di no. Che mi dicesse di non andare, che voleva stare con me, giorno *e* notte. Che mi dicesse perchè mi avesse lasciata, perchè se ne fosse andato rinunciando a condividermi. Avrei anche potuto avere Lee ed Archer, come aveva detto lui, ma avere tre uomini non significava che Sutton dovesse concedermi solo una parte di se stesso. Doveva ancora concedersi del tutto. E non aveva intenzione di farlo.

Gli rivolsi un piccolo sorriso e feci un passo indietro, i piedi che scivolavano sul terreno fangoso. Poi un altro. «Ci... ci vediamo.»

Mentre uscivo dalle stalle, lanciai un'occhiata alle spalle e lo vidi che mi guardava, le braccia incrociate e lo sguardo cupo. In silenzio.

SUTTON

«L'avete lasciata andare via così?» chiesi un secondo dopo aver fatto irruzione nell'ufficio di Archer.

Lui sollevò lo sguardo dalla scrivania piena di fogli. Stava fissando il computer, la mano posata sul mouse prima di guardare me.

La porta aveva sbattuto sul muro quando l'avevo spalancata e lui non aveva nemmeno battuto ciglio. Ero già stato nell'ufficio dello sceriffo in passato. Una volta, quando ero un ragazzino ed ero stato beccato a bere ad una festa attorno a un falò nonostante fossi minorenne, e molte altre volte da quando Archer aveva ottenuto quel posto. Mentre lui viveva e lavorava in città, io me ne stavo principalmente al ranch. Dopo il rodeo dell'estate passata e il weekend con Cricket, raramente me n'ero andato da là. Dire che mi ero comportato da stronzo irascibile probabilmente sarebbe stato un eufemismo e tutti i miei amici mi avrebbero detto anche di peggio. Non avevo avuto interesse ad uscire, a fare praticamente nulla. Lavoravo, lavoravo abbastanza duramente da crollare nel letto con ancora gli stivali addosso e pregavo di non svegliarmi con un incubo.

«Voleva andare,» controbatté Archer.

«Perchè cazzo sembri così calmo al riguardo?» chiesi io, entrando e lasciandomi cadere sulla pratica sedia di fronte alla sua scrivania.

C'erano dei telefoni che squillavano fuori dall'ufficio, un cercapersone della polizia che emetteva dei suoni da qualche parte alla cintura di Archer. Lui abbassò una mano e lo zittì subito. Voltandosi, si appoggiò comodamente allo schienale della sedia, appoggiando i gomiti sui braccioli e unendo le dita di fronte a sé.

Ero incazzato. Incazzato nero. Cricket ci era sfuggita una volta e la cosa mi aveva praticamente rovinato. E adesso se n'era andata. Di nuovo. E ad Archer non sembrava importare un cazzo.

«Perchè te la prendi tanto?» mi chiese lui.

«Perchè-» Sospirai, passandomi una mano sulla nuca. «Perchè me la prendo tanto? Pensavo che *volessimo* Cricket.»

«Anch'io.»

«Allora perchè hai permesso che ci lasciasse?»

Archer sgranò leggermente gli occhi, ma non disse nulla.

Io mi alzai, facendo avanti e indietro nella stanza minuscola. C'era la foto di un paesaggio occidentale qualsiasi incorniciata sulla parete e una mappa della metà occidentale dello stato appuntata accanto a una finestra che dava sul parcheggio. Le veneziane bianche di metallo erano aperte per fare entrare la luce del sole. L'edificio non aveva l'aria condizionata e stavo sudando. Non che facesse caldo lì dentro, ma perchè stavo andando fuori di testa. Non era un attacco di panico – ne avevo avuti un paio da quando avevo terminato di prestare servizio – ma il mio corpo era fuori controllo.

«Cricket vuole tutto quanto.»

Era così fottutamente calmo. Avrei voluto chinarmi sulla scrivania, afferrarlo e scuoterlo fino a fargli ritornare un po' di buon senso.

«Ha tutto. Tre uomini che l'hanno resa il centro del loro mondo.»

«Due.» protestò lui.

Io mi voltai di scatto, guardandolo. «Che cazzo stai dicendo?»

«Io e Lee l'abbiamo resa il centro del nostro mondo, decisamente. Lei lo sa. Ma tu? Tu sei un amante part-time. Nulla di più.»

«Non è vero.» sbottai io, puntandogli un dito contro.

Lui scrollò le spalle, fece il giro della scrivania e andò a chiudere la porta. Sapevo di aver alzato la voce, ma non me ne fregava un cazzo. A lui sembrava di sì.

Voltandosi a guardarmi, si mise le mani sui fianchi. «Perchè cazzo te ne vai di notte?»

Io chiusi gli occhi, afflosciando le spalle e lasciando cadere la testa come se fosse stata troppo pesante.

«Per via dei tuoi incubi?»

Guardai Archer. Era ancora fin troppo tranquillo. Non mi stava giudicando, non gliene fregava un cazzo che fossi un uomo distrutto.

«Certo. Non posso permettere che si svegli per colpa di quelli. Che mi veda in quello stato.»

«Perchè no?»

Fui attraversato da un dolore più forte di quello di qualsiasi proiettile di un rivoltoso.

«Quella notte, a Poulson, la prima notte,» chiarii. «Ci siamo addormentati e io ho avuto un incubo. Non mi ricordo cosa stessi sognando esattamente, ma lei mi ha svegliato. Mi stava spingendo via, praticamente mi stava prendendo a pugni sul petto, colpendomi per catturare la mia attenzione. Per tirarmene fuori. Quando finalmente mi sono svegliato, la stavo tenendo per un polso. Con forza. L'avevo afferrata nel sogno e non la lasciavo più andare.»

Lui assottigliò lo sguardo. «Le hai fatto male.»

Annuii. «Solo afferrandola. Nient'altro. Ma aveva dei lividi. Non ne fece una tragedia, non le importava, era più preoccupata per me che per la propria sicurezza.»

A quel punto l'espressione di Archer si addolcì. «È fatta così, la nostra ragazza.»

Io non sorrisi, ma ero d'accordo con lui. Era troppo buona. «È compito mio preoccuparmi della sua sicurezza. Dovevo proteggerla. Anche da me stesso.»

«È per questo che hai chiesto a me e Lee di unirci a voi.»

Feci spallucce, ricordandomi della conversazione che avevamo avuto io e Cricket. Avevamo riso e avevamo ammesso alcune delle nostre fantasie più spinte. Lei aveva scoperto che mi piaceva dominare ed io avevo scoperto come lei avesse sempre voluto andare a letto con più di un uomo. Contemporaneamente.

«Non avevo mai condiviso nessuno prima di allora, ma se quello era ciò che voleva, era mio compito in quanto suo amante soddisfarla. E la cosa mi assicurava anche di non restare da solo con lei nel caso mi fossi addormentato.»

«Ora te ne vai per proteggerla.»

Annuii.

Lui sospirò. «Merda. Non pensi che abbia il diritto di saperlo, di decidere da sola?»

Qualcuno bussò. Archer si voltò, aprì la porta e infilò fuori la testa. Stavano parlando, ma io non sentii altro che un borbottio. Non vi stavo prestando attenzione, pensando invece a Cricket, al modo in cui l'avevo lasciata da sola con mille domande.

«Arrivo subito,» disse Archer al tizio, poi chiuse di nuovo la porta. «Amico, non ci ha lasciati. È andata a Missoula per il resto della giornata. C'è Penny assieme a lei.»

Voltai di scatto la testa, guardando Archer negli occhi. «Non è...»

«Cazzo, no. Pensi che l'avrei lasciata andare senza protestare? Che me ne starei qui piuttosto che inseguirla? Che Lee se ne sarebbe andato a Buffalo fischiettando Dixie?»

Spalancai la bocca, poi la richiusi. «Ma ha detto... merda, ha detto che sarebbe tornata al suo appartamento. Ho solo pensato che avesse chiuso con me.»

La morsa che mi attanagliava il cuore si allentò.

«Devi tirare fuori la testa dal culo. Subito. La perderai se non lo farai. Vuole tutto di te. Le cose belle e le cose brutte. Se lo merita. Può anche avere bisogno della tua protezione, ma non hai preso in considerazione la possibilità che magari sarà lei a salvarti, in cambio?»

«Merda. Merda!» Mi passai di nuovo una mano sulla nuca.

«Vai a Missoula. Dille la verità. Tutta quanta. E riportala qui.»

Sì, era ciò che avrei fatto. Ero stato un idiota e uno stronzo. Cricket non era debole. Lei era forte. Avrebbe saputo gestire questa cosa. Gestire me. E se avessi rovinato qualcosa, Archer e Lee ci sarebbero stati per rimettermi in carreggiata.

14

«Jamison dorme a pancia in su e gli piace farmi sdraiare praticamente sopra di sé, come se potessi fargli da lenzuolo,» mi disse Penny mentre attraversavamo a piedi il parcheggio del mio complesso residenziale. «A Boone piace tenermi davanti a sé visto che che dorme su un fianco. Ho braccia e gambe avvolte attorno a me per tutta la notte.»

Non si stava lamentando. No, il sorriso sul suo volto dimostrava che le piaceva quel problema. Avere due uomini che la abbracciavano per tutta la notte non era una tragedia. Io la pensavo allo stesso modo, mi piaceva essere abbracciata mentre dormivo, ma mi mancava qualcosa. *Qualcuno*. Sutton.

«Ma tu ne hai tre. Non ho idea di come lo facciate funzionare.» Doveva avermi letto nella mente. Si interruppe, poi si voltò per guardarmi. «Condivido il letto con un uomo – con due uomini – da nemmeno due mesi. Non sono un'esperta.»

Giusto, era vergine prima di incontrare Jamison e Boone. Di sicuro aveva recuperato il tempo perso, con quei due.

«È complicato,» dissi, cercando di dare la risposta più neutrale possibile. Non avevo intenzione di raccontarle cosa stesse succedendo – o non succedendo – con Sutton. Poteva anche essere mia sorella ed era quello che le sorelle facevano, ma io non ne avevo idea. Non avevo mai avuto una famiglia prima di allora. Mi piaceva Penny. Mi piaceva non poco ed ero felice che facesse parte della mia vita ormai, ma mi sembrava di tradire la relazione con i miei uomini dando voce ai nostri problemi.

Di certo, la relazione di Penny non era tutta rose e fiori. No? «E tu e i tuoi uomini su cos'è che litigate?» chiesi, imboccando il vialetto che portava al mio edificio. Non era di certo il più lussuoso dei palazzi. Tre piani, in mattoni, con scalinata centrale. Ogni appartamento aveva un balcone e alcuni dei residenti vi avevano appeso delle piante da vaso. Si trattava comunque di un quartiere della classe operaia e non molti avevano soldi in più per permettersi qualcosa di frivolo che sarebbe morto al primo gelo.

«Mi mancano i pigiami.»

Smisi di camminare e la fissai. Era seria. Cominciai a ridere. «Ti mancano i pigiami? È di *questo* che discuti coi tuoi uomini?»

Lei fece spallucce. «Ancora non mi sono abituata a starmene nuda tutta la notte. I pigiami sono comodi. Gli uomini sono... be', sono un tipo di comodità diversa. E grazie alla storia dello stare senza pigiama, adesso sono incinta e vomito tutte le mattine. Odio vomitare,»

Io ricominciai a ridere. Dopo un secondo o due lo fece anche lei. «Ho sentito dire che esiste una cosa che chiamano cervello da gravidanza. Mi sa che ce l'ho. Sembro un'idiota.» Si sistemò i capelli biondi dietro l'orecchio. «Detesto Kady. Lei non ha vomitato nemmeno una volta e sembra essere stata colpita da una bomba di polvere luccicante. Insomma, è radiosa.»

Effettivamente Kady sembrava fin troppo felice e poi, come faceva a sembrare sempre così in ordine? Quel giorno io indossavo i miei soliti jeans, ma mi ero messa una maglietta senza maniche per contrastare il caldo, non mi ero truccata e avevo raccolto i capelli in una coda bassa. Penny non aveva l'aspetto così sciupato come voleva far credere. Era minuta, bionda e bellissima, nonostante fosse decisamente meno frivola di Kady.

«Vedi? Sembro *davvero* un'idiota.»

«No. Sembri innamorata,» ribattei io.

Lei sorrise, radiosa, poi si posò una mano sul ventre piatto. «Lo sono.»

«Forza, prendiamo la mia posta, recuperiamo un paio di cose poi ti porterò nel mio posto preferito per pranzo. Pensi di riuscire a tenerlo nello stomaco?»

Lei annuì. «Decisamente. Vomito solamente prima delle otto.»

Io non risi di quella precisazione perché era una scienziata anche quando non stava lavorando. Chiaramente aveva raccolto dati riguardo alle sue nausee ed era giunta alla conclusione che si sentiva male solamente entro una certa ora e che la cosa non sarebbe cambiata. Io non me ne intendevo di bambini o marmocchi, ma sapevo che non erano coerenti. Avrebbe affrontato una bella sfida se avesse pensato di poter tenere sotto controllo tutto ciò che le succedeva durante la gravidanza e dopo.

Salimmo al secondo piano e percorremmo il corridoio fino al mio appartamento. Dava sul parcheggio di dietro e sul retro del negozio di alimentari alle spalle del condominio. La vista dal mio balcone non era un granché.

Infilai la chiave nella serratura, la girai, ma non sentii il classico click di quando scattava. Mi accigliai, afferrai la maniglia e la girai. Era aperto. Mi ero dimenticata di chiudere dopo che Archer mi aveva portata a prendere dei vestiti qualche giorno prima?

Aprii la porta con una spinta, ma non entrai.

Il mio appartamento sembrava... abitato, e non da me. C'erano vestiti sparsi a terra e venni investita dal puzzo di sigarette. Sì, era il mio appartamento.

Penny mi lanciò un'occhiata, arricciando il naso. «Um...»

Il mio cuore raddoppiò i battiti, non sapevo cosa pensare. Violata. Spaventata. Confusa. Qualcuno tirò lo sciacquone del cesso ed io e Penny ci fissammo. Girai di scatto la testa quando un uomo uscì dal mio bagno – non aveva chiuso la porta – abbottonandosi i pantaloni, con un quotidiano sotto braccio.

«Tu!» esclamò. «Infermiera Ratchet.»

«Porca troia,» sussurrai. «Rocky.»

«Cricket,» esordì Penny, la voce un misto di timore e avvertimento.

Sollevai una mano facendole cenno di fermarsi, anche se non mi sarebbe importato toccarle le tette. Non volevo che entrasse. Non che lei ne avesse avuto intenzione. «Torna in macchina.» Le stavo premendo le chiavi contro le costole. «Subito.»

«Non posso lasciarti qui con lui,» si affrettò a dire lei.

Era Rocky dello strip club.

«E tu non puoi restare,» ribattei io. «Prendi il tuo bambino e vai in macchina. Io me la caverò.»

Non ne ero tanto sicura, ma non avrei rischiato con Penny. Rocky era un problema mio e lei e suo figlio non ci sarebbero finiti di mezzo.

Lei se ne andò, anche se con riluttanza, e corse lungo il corridoio e giù per le scale. Bene. Sospirai leggermente, felice del fatto che sarebbe stata al sicuro.

«Che ci fai nel mio appartamento?»

«Ci vivo. Aspettando te.»

«Pensavo fossi in galera.»

Lui si avvicinò, lasciando cadere il giornale a terra. «Facciamoci una chiacchierata, coinquilina.»

Col cazzo. Mi ricordai di avere un lacrimogeno nella borsetta, la solita che mi portavo in giro a tracolla. Erano anni che mi portavo dietro quel lacrimogeno e quella era la prima volta che ne avevo avuto bisogno. Fui un tantino sorpresa di avere la mente abbastanza sgombra per pensarci. Non l'avrei preso subito. Non era abbastanza vicino perchè potessi usarlo contro di lui. Ma non avevo intenzione di entrare nel mio appartamento per avvicinarmi ulteriormente. Entrare avrebbe significato che sarebbero successe delle brutte cose. Non ero così stupida.

«Te lo scordi. Dovresti essere in galera.»

Lui sogghignò e scosse la testa. «Hanno arrestato Schmidt e Ricky. Non me.»

Ricky. Rocky. Cristo, la polizia aveva arrestato la persona sbagliata? Forse no. Non avevo dubbi che se Ricky, chiunque fosse, si fosse trovato in combutta con Schmidt, meritasse anche lui di stare dietro le sbarre. Avevo letto il rapporto della polizia quando ero andata alla centrale per depositare la mia dichiarazione. Archer mi aveva perfino detto i nomi delle persone arrestate. È solo che non mi ero mai immaginata che avessero preso un granchio.

«Me n'ero andato fuori città per un paio di giorni e sono tornato per scoprire che i miei amici erano stati arrestati. Ho immaginato che Ricky non avrebbe smesso di lamentarsi fino a quando i poliziotti non avrebbero scoperto di aver preso la persona sbagliata e sarebbero venuti a cercare me. Da allora, mi sono messo a cercarti.» Sogghignò. «Grazie a te, non posso tornare a casa mia, per cui ho immaginato che questo fosse il modo migliore per risolvere entrambi i problemi. Ha funzionato dal momento che tu sei qui, ti ci è solo voluto un bel po' di tempo per muovere quel tuo bel culetto. Ti sta finendo il cibo in frigo.»

«Eccomi.»

«È ora di fare quella festa cui ti avevo accennato.» Sogghignò e il suo sguardo mi corse addosso, proprio come aveva fatto in quel minuscolo guardaroba nel retro dello strip club. «Non serve alcuna uniforme da infermiera, carina. Mi basti tu nuda e in ginocchio.»

Mi si rivoltò lo stomaco al solo pensiero. Avevo succhiato volentieri gli uccelli dei miei uomini, ma quello era disgustoso. Rocky era disgustoso.

«Col cazzo.»

Era più grande di me. Più minaccioso. Non aveva un briciolo di coscienza. Era spaventoso. Pericoloso.

«Come se avessi scelta.» Dal momento che aveva ancora la cintura slacciata dopo essere stato in bagno, ne strattonò la fibbia ed io sentii il cuoio scorrere mentre usciva dai passanti. «Non uscirai da nessuna finestra, questa volta.»

La cintura penzolava a terra mentre lui avanzava verso di me. Aveva ragione, ero già fuggita in passato. Non avrebbe permesso che accadesse di nuovo.

Ebbi qualche difficoltà nel frugare dentro la borsetta, ma afferrai il lacrimogeno, lo tirai fuori e quando lui fu abbastanza vicino, spruzzai.

SUTTON

«Dove cazzo sei?» ringhiò Archer. La sua chiamata era passata tramite il computer di bordo del mio furgone e la sua voce rimbombò nella cabina.

Dopo essermene andato dall'ufficio dello sceriffo, mi ero

fermato per un caffè alla stazione di servizio, poi avevo ripreso il viaggio. Con l'autostrada piuttosto dritta e sgombra – col bel tempo riuscivo a vedere a più di venti miglia di distanza – avevo passato il tragitto a pensare a quanto fossi idiota. E a sperare che a Cricket piacessero gli idioti. No, speravo che li adorasse. Non tutti gli idioti. Solo uno. Io. Avevo rovinato tutto. L'avrei fatto di nuovo. Dovevo solamente sperare di valerne la pena.

«A dieci minuti da Missoula. Il GPS mi sta dicendo che casa sua non è molto distante. Perchè?»

«Perchè ha chiamato Penny e c'era un uomo nell'appartamento di Cricket. Che viveva lì, a quanto pare. In attesa di Cricket.»

Il mio piede schiacciò l'acceleratore premendolo fino in fondo, il motore del furgone che rombava mentre lo spingevo oltre i centotrenta. Afferrai il volante con così tanta forza che ci avrei lasciato il segno.

«Che ci viveva? Non ci ha mai detto nulla riguardo ad un coinquilino. Che cazzo succede?»

«Non un coinquilino.» Archer non sembrava turbato dal modo in cui ero sbottato. «A quanto pare, abbiamo arrestato la persona sbagliata. Penny dice che Cricket l'ha chiamato Rocky.»

Abbiamo arrestato la persona sbagliata.

«Avete arrestato due uomini,» confermai io.

«Schmidt, il proprietario del club. È stato da lui che Cricket ha ottenuto il prestito, quello che la stava costringendo a spogliarsi per ripagare gli interessi in più. Abbiamo anche arrestato un tizio che si chiamava Richard Blade, il suo braccio destro.»

«Cricket ha detto che i due uomini che le hanno dato noia si chiamavano Schmidt e Rocky. Immagino che il soprannome di Richard non sia Rocky?»

Sentii un rumore forte di qualcosa che sbatteva, come se

Archer avesse ribaltato la scrivania, gettato una sedia contro la parete o qualcosa di simile. Già, sapevo come ci si sentiva, ma io stavo guidando, non avevo modo di sfogare la mia frustrazione. «Sembra di no. Ho bisogno che tu vada lì. Subito.»

Sentii il panico nella sua voce e capii che si sentiva esattamente come me. Impotente, fuori controllo. Troppo distante.

«La polizia sta arrivando?» Superai di slancio un minivan con la targa del South Dakota.

«Sì. Penny ha chiamato prima loro.»

«Aspetta, Penny è con Cricket. Cristo, non va bene.»

Penny era incinta. Io ero spaventato a morte per Cricket e Penny, ma un bambino? Se questa cosa si fosse risolta nel migliore dei modi – no, non *se*, quando – Jamison e Boone non le avrebbero mai più permesso di lasciare la loro fattoria e se ci avesse provato, l'avrebbero legata al letto. Non ero certo se a loro piacessero le manette e quelle cose lì, ma avrebbero cominciato presto ad usarle.

«No, non è con lei.»

Sospirai. Grazie al cielo. Però voleva dire che–

«Cricket l'ha fatta andare via. Immagino che le abbia cacciato le chiavi della macchina in mano e le abbia detto di allontanarsi per tenere al sicuro il bambino.»

«Allora dove cazzo è Penny?»

«Nell'auto di Cricket. Che aspetta. È al telefono con Jamison che la sta tenendo tranquilla. Io sto uscendo dalla centrale di polizia adesso, sono un'ora e mezza dietro di te. Ho chiamato Lee, ma lui è a Buffalo e sta andando fuori di testa.»

Buffalo si trovava nel bel mezzo del Wyoming, a cinque o sei ore di macchina da Missoula.

La nostra donna si trovava alle prese con uno stronzo che aveva minacciato di violentarla. Gli era già sfuggita allo strip club. A quel tizio non sarebbe piaciuto. Era incazzato nero con lei. Non incazzato. Ossessionato. Conoscevo il tipo di uomini che gestivano posti come lo strip club, erano degli stronzi misogini, che pensavano che una donna fosse brava solo a non indossare nulla a parte dei copricapezzoli e che contasse solo quanto fosse brava a succhiare cazzi. Cricket gli aveva dato un calcio metaforico nei coglioni e, per quanto mi rendesse fottutamente orgoglioso il fatto che si fosse presa cura di sé, adesso ero anche terrorizzato per lei.

«Anche se qualche altro stronzo è stato arrestato, lui si stava ancora nascondendo dalla polizia. E nell'unico posto in cui non l'avrebbero cercato,» gli dissi. «Non ha intenzione di lasciare andare Cricket.»

Archer non rispose. Non c'era nulla che potesse dire perchè avevo ragione.

«Ti chiamo quando arrivo.»

Terminai la chiamata e mi concentrai sulla guida. Una volta giunto all'uscita dell'autostrada, dovetti rallentare. Finalmente... finalmente, cazzo, entrai nel parcheggio di casa sua. C'erano tre auto della polizia parcheggiate a casaccio con i lampeggianti accesi. Inchiodai, inserii la marcia nel furgone e scesi, senza preoccuparmi di averlo lasciato acceso in mezzo allo spiazzo. Corsi verso di loro, ma rallentai, non volendo farmi sparare da un poliziotto dal grilletto facile.

Lì in piedi davanti ai due agenti e a Penny c'era Cricket. Tutta intera.

Lasciai andare un sospiro e il cuore mi tornò nel petto. Il panico si era placato, ma non era svanito del tutto. Mi squillò il cellulare nella tasca. «Sì?» dissi quando me lo portai all'orecchio.

«Penny dice che hanno arrestato il tizio e che stanno andando all'ospedale. Cricket gli ha spruzzato un lacrimogeno negli occhi e gli ha tirato una ginocchiata nelle palle. Sta bene.» La voce di Archer era piena di sollievo, ma dubitavo che sarebbe stato del tutto tranquillo fino a quando non avesse visto Cricket con i suoi occhi.

«La vedo. È con la polizia.» Terminai la chiamata e andai da lei. Era pallida, con gli occhi sgranati e, per quanto non fosse nel panico, sembrava aver appena combattuto una guerra.

Quando mi vide, praticamente si svuotò. Aggirò il poliziotto e mi si buttò dritta tra le braccia. La strinsi a me, inalando il suo profumo mentre le davo un bacio sulla testa. Lanciai un'occhiata a Penny e lei stava sorridendo, facendomi un cenno rassicurante col pollice alzato. La guardai riportarsi il cellulare all'orecchio. Non avevo dubbi che stesse parlando con Jamison o con Boone.

Uno degli agenti mi passò accanto ed io lo chiamai. «Quella donna, Penny, è incinta.» Accennai a lei col mento. «Dovrebbe sedersi da qualche parte all'ombra. Datele dell'acqua.»

Il tizio annuì. «Ci pensiamo subito.»

Dal momento che si trovava a meno di cinque metri di distanza ed era in compagnia degli agenti, sapevo che Penny era al sicuro e che quel tizio si sarebbe occupato di lei. Potevo concentrarmi su Cricket.

Le sue mani mi corsero lungo camicia, stringendola tra le dita mentre si aggrappava a me con disperazione. Non mi importava. Non volevo lasciarla andare mai più. Lei cominciò a piangere ed io sentii i singhiozzi vibrarmi contro i palmi delle mani sulla sua schiena.

Merda. Cazzo. Odiavo quando piangeva, ma stavolta ne aveva bisogno, doveva sfogare l'eccesso di adrenalina, la paura. Aveva bisogno di farlo mentre sapeva di essere al sicuro, che tutto sarebbe andato bene. Per me era lo stesso. Avevo bisogno di stringerla, di sentirla tra le mie braccia, di sentire il suo profumo e sapere che stava bene e che adesso anch'io potevo calmarmi.

Cazzo, l'avevo quasi persa.

«Ti amo,» dissi, chinandomi così da sussurrarle all'orecchio.

Lei si ritrasse, sollevando il mento per guardarmi. Io le asciugai le guance rigate dalle lacrime con i pollici.

«Cosa?» chiese.

«Ti amo, Cricket. Mi dispiace di essere stato un tale stronzo, di averti abbandonata la notte. L'ho fatto per proteggerti perchè ti amo.»

Lei aggrottò leggermente la fronte. «Mi lasci perchè mi ami?»

Le sorrisi sommessamente, abbassai la testa e la baciai con dolcezza. «Quella prima notte l'estate scorsa, nella stanza d'albergo, ho fatto un incubo. Ti ho fatto del male. Non ho intenzione di ferirti di nuovo.»

«Non lo farai,» ribatté lei, apparentemente convinta che non sarebbe successo.

Le feci scorrere le mani lungo le braccia. «Non puoi saperlo. Mi uccide da allora sapere di averti lasciato dei lividi. Merda, sei l'unica persona al mondo che voglio proteggere più di qualunque altra cosa. Sono un uomo con dei problemi, piccola.»

Lei scosse la testa, si alzò in punta di piedi e mi baciò, non con la stessa dolcezza o delicatezza che avevo usato io.

«Sei un grande, adorabile idiota.»

Non ero sicuro dell'adorabile, ma il resto ci stava.

«Non puoi prendere quella decisione al posto mio,» aggiunse.

Una delle auto della polizia fece retromarcia e se ne andò. Io controllai rapidamente Penny, vidi che era seduta su una sedia da giardino pieghevole che qualcuno aveva piazzato nel prato di fronte all'edificio. Aveva una bottiglietta d'acqua in mano e si trovava all'ombra. Era ancora al cellulare.

Tornai a guardare Cricket. «Non metterò a rischio la tua

sicurezza. È un limite difficile da superare, per me. Prendo io le decisioni se si tratta della tua protezione.»

«Io dico "rosso", allora,» protestò lei. «Quando dormiamo, non stiamo giocando. Prendiamo le decisioni insieme. Tu, io, Archer e Lee. Tutti quanti. Io vi amo tutti e tre e ho intenzione di dormire con tutti e tre, e intendo *dormire*. Non mi faccio fregare.»

A quel punto sorrisi e mi sentii... leggero. «Mi ami?»

Lei annuì, le lacrime che le riempivano di nuovo gli occhi. «Ti amo, Sutton. Così come sei. E gli incubi, ce ne occuperemo assieme. Andremo in terapia. Terremo Archer e Lee nel letto con noi. Qualunque cosa, ma non ho intenzione di farti allontanare di nuovo, nemmeno emotivamente.»

Io annuii. «Ho capito.»

«Bene.»

Mi sentivo meglio di quanto non mi fossi mai sentito da... sempre. Per la prima volta, provavo speranza. E amore.

«Dimmi cos'è successo,» le intimai, cambiando discorso per affrontare l'enorme elefante nel parcheggio.

Lei scosse la testa. «Più tardi. Voglio solamente prendere Penny e andarcene a casa.»

Casa.

«E dove si trova?» le chiesi, accarezzandole i capelli.

«Ovunque ci sia tu. E Archer e Lee. Fintanto che siamo insieme, io sono a casa.»

Esatto, cazzo.

15

EE

«Cricket!» urlai, facendo irruzione dalla porta d'ingresso della casa principale. Era stato un lungo viaggio di ritorno da Buffalo, nonostante Archer mi avesse tenuto aggiornato e sapessi che sia Cricket che Penny stavano bene.

«Qua sopra,» esclamò lei.

Io guardai il soffitto, poi salii le scale due gradini alla volta. Lei mi venne in contro a metà strada, praticamente saltandomi in braccio, avvolgendomi le gambe attorno alla vita e baciandomi.

Grazie al cielo. Quello, proprio quello, era ciò di cui avevo avuto bisogno per le ultime dieci ore. Cricket, tra le mie braccia.

«Cristo, donna, mi hai spaventato a morte.» Sollevai la testa giusto il tempo di dire quello, di respirare, le nostre labbra a un centimetro di distanza.

La portai in braccio per il resto dei gradini fino al

secondo piano. Quando svoltai l'angolo, vidi Sutton appoggiato allo stipite della porta di una delle camere da letto. Indossava i jeans, ma non erano abbottonati. Non aveva altro. Alle sue spalle vidi Archer, sul letto, le lenzuola spiegazzate.

Cricket aveva indosso i vestiti, se non altro percepivo del cotone morbido mentre le stringevo il sedere tra le mani. Abbassando lo sguardo, osservai la sua sottile canottierina bianca e i minuscoli pantaloncini blu del pigiama. Aveva i capelli raccolti in maniera disordinata sulla testa. Era perfetta.

«Hai vinto?» mi chiese, incrociando le caviglie dietro la mia schiena.

Sogghignai. «Ma certo che ho vinto.»

Lei sorrise di rimando. «Ma certo che hai vinto,» ripetè. «Il mio cowboy sexy.»

«Ehi,» intervenne Sutton, la voce carica di finto dolore.

Cricket voltò la testa per guardarsi alle spalle. «Anche tu sei il mio cowboy sexy.»

«Ma stare qui, con te tra le mie braccia, vuol dire vincere tutto,» le dissi io. «Nient'altro ha importanza. Ti amo, piccola.»

Le si riempirono gli occhi di lacrime, ma le cacciò via sbattendo le palpebre e sorrise radiosa. «Anch'io ti amo.»

A quel punto la baciai, a lungo e con forza, la mia lingua che trovava la sua.

«Stai bene?» le chiesi quando finalmente sollevai la testa, entrando nella stanza. Sutton si fece indietro per lasciarci passare, ma poi ci seguì. Le avevo rubato il respiro e lei mi aveva rubato il cuore.

«Sì. Mi ha spaventata, ma ho usato il lacrimogeno, gli ho dato una ginocchiata nelle palle e sono corsa via. Non sono entrata nell'appartamento. Sapevo che era meglio non farlo. Penny ha chiamato la polizia e sono arrivati in fretta.»

Era un resoconto piuttosto rapido della situazione, ma non volevo altro, per il momento. Volevo solamente lei.

«Penny sta bene?» domandai, giusto per essere sicuro.

Lei annuì. «Sta bene. Credo che a Jamison e Boone ci vorranno uno o due giorni per riprendersi.»

Io appoggiai la fronte alla sua, godendomi quella sensazione, sentirla agitarsi tra le mie braccia. «Anche a me, piccola. Anche a me.»

«Non ha un graffio,» disse Sutton. «Non preoccuparti, ho controllato.»

Cricket roteò gli occhi e arrossì in maniera adorabile. Io osservai il colorito scenderle lungo il collo, fino alle sue bellissime tette libere senza reggiseno sotto la canottiera. Si riusciva a intravedere il colore dei suoi capezzoli così come entrambe le protuberanze.

«Non mi avete aspettato?» chiesi.

Archer sbuffò sul letto. «Sutton non è nemmeno riuscito ad entrare dalla porta prima di farsela.»

«Archer è arrivato con la macchina e ci ha trovati,» confermò Sutton. Dall'espressione sul suo volto, non sembrava affatto dispiaciuto.

«Aveva tirato giù il portellone del pickup e ce l'aveva piegata a novanta sopra,» aggiunse Archer. «Se l'è scopata proprio lì.»

Io guardai Cricket, vidi l'espressione sognante sul suo volto. Sì, l'aveva voluto.

«Non riuscivo ad attendere un secondo di più,» ammise Sutton.

Capivo alla perfezione. Stavo morendo dalla voglia di entrarle dentro in preciso momento.

«Io l'ho portata qui sopra e dentro la doccia prima di godermi il mio turno,» aggiunse Archer.

«Due sveltine, piccola,» dissi a Cricket. «Ho bisogno di te.

Cazzo, ho bisogno di entrarti dentro, di sapere che sei al sicuro. Pronta per un'altra?»

Lei annuì, mordendosi un labbro.

«Ti stavamo aspettando,» mi disse lei, sollevando una mano per farmela scorrere sulla testa, scivolando sul mio collo e fermandosi sulla nuca. «Io... vi voglio tutti e tre. Insieme.»

Mi andò per un attimo in tilt il cervello perchè tutto il sangue mi scese a sud dritto fino all'uccello. «In-insieme? Nel senso di *insieme*?»

Lei rise, annuendo.

«Merda, verrò al solo pensiero. Dovrà aspettare. Ho bisogno di entrarti dentro. Una sveltina. Subito.» dissi io, la mente un groviglio di desiderio e il mio uccello a farla da padrone sui miei pensieri.

«Sì. Subito.» concordò lei, portando le mani davanti a me per cercare di sbottonarmi la camicia.

Io avanzai fino a spingerla contro il muro, tenendola su grazie alla pressione del mio corpo e alle sue gambe avvolte attorno alla mia vita. Abbassai le mani, mi slacciai jeans e ne estrassi l'uccello.

«Merda. Cazzo, piccola. Non ho un preservativo.»

Lei scosse la testa. «Prendo la pillola. Non ti serve.»

Io mi immobilizzai, la mente che si schiariva leggermente per via di quello che mi stava dicendo. «Pensavo volessi-»

«Non sono pronta per un figlio. Non lo sarò ancora per molto tempo. Ma prendo la pillola e Sutton mi ha presa senza preservativo prima di rendersene conto. Dal momento che uso un contraccettivo, non voglio che dei preservativi o la loro mancanza ci fermino.»

Sentii qualcuno sbuffare alle mie spalle. «Stavo pensando col cervello sbagliato,» disse Sutton.

«Non importa,» proseguì lei. «Voglio solamente un impegno, una relazione, farlo senza.»

A quel punto sogghignai. «Piccola, questa è una relazione. E impegno? Cazzo, non ti lasceremo andare.» Trovai l'elastico dei suoi pantaloncini e lo strattonai. Lei tirò giù le gambe giusto il tempo necessario affinché glieli sfilassi, poi mi si avvolse di nuovo attorno.

La sentii bagnata mentre il mio uccello si posizionava dritto davanti alla sua apertura come se avesse saputo esattamente dove andare. Non attesi, non mi trattenni, le afferrai semplicemente i fianchi e me la tirai addosso. Era così fottutamente scivolosa. La sensazione di prenderla al naturale fu indescrivibile. «Merda, non l'avevo mai fatto. Non ho mai scopato senza preservativo.»

Cominciai a muovermi, i suoi talloni che mi premevano contro le natiche spronandomi a darle di più.

«Sei così bagnata. È il seme di Sutton e Archer che mi facilita l'ingresso?»

Lei annuì, la testa premuta contro la parete. «Sì.»

Cazzo, il pensiero che fosse stata riempita da tutto quel seme mi fece stringere i testicoli, percepii il desiderio formicolante di finire che mi prendeva alla base della colonna vertebrale.

«Adoro starti dentro. Ti amo, piccola. Sto per riempirti, allevierò questa bramosia dopodiché ti prenderemo insieme. Per tutta la cazzo di notte.»

Lei mi piantò le dita nelle spalle mentre si dimenava. «Ti amo anch'io. Sì. Di più!»

Era proprio quello che volevo sentirmi dire. Tutto ciò che avevo mai desiderato era lì tra le mie braccia.

ARCHER

. . .

Ero felice di essermi già preso Cricket perchè guardare Lee scoparsela me lo fece tornare duro. Vedere lei che lo rasserenava nel modo più elementare possibile era incredibile. E sentirli dire di amarsi rendeva il tutto solamente più dolce. Mi ero preso del tempo, nella doccia – a fatica – per lavarle ogni centimetro, per assicurarmi che davvero non fosse ferita. Nemmeno un graffio o un livido da parte di quel bastardo.

Non appena era stato sicuro di questo, l'avevo premuta contro la parete della doccia e me l'ero presa. Senza preservativo. Proprio come aveva fatto Sutton e come stava facendo Lee in quel momento. Non c'era altro tra di noi. Arrivare alla casa e trovare Sutton che se la stava scopando proprio là davanti era stata la prova sufficiente a rassicurarmi che avessero già parlato e risolto le cose, che sebbene non pensassi che i suoi incubi, che lo tormentavano e che gli avevano quasi fatto perdere Cricket, fossero stati curati, se non altro lei sapeva la verità e ci sarebbe stata per lui.

Se c'era qualcuno che poteva aiutarlo, quella era Cricket.

Lei gridò di piacere un attimo prima che Lee si irrigidisse e venisse. Rimasero immobili a parte i respiri affannati per diversi secondi prima che Cricket slacciasse le gambe posandole sul pavimento. Una volta che Lee ebbe la certezza che non sarebbe caduta a terra, fece un passo indietro.

Sutton la prese per mano e la condusse fino al letto mentre Lee cominciava a togliersi i vestiti. Era ora. Finalmente ce la saremmo presa insieme. Io ero quello che l'avrebbe presa da dietro, l'avevo già fatto in passato e sapevo come le piaceva. Mi sarei ripreso quell'ano stretto. Immaginai che Lee avrebbe rivendicato la sua bocca e Sutton la sua figa, ma l'avrei scoperto col tempo. E ne avevamo un'infinità.

Avevamo costretto Lee a restare per la gara, portando a termine il rodeo prima di tornare a casa. Le rassicurazioni circa il fatto che Cricket stesse bene non erano state abbastanza. Aveva dovuto parlarle di persona prima di ritenersi abbastanza soddisfatto da finire il suo lavoro. Non aveva altre gare per almeno una settimana. Dopo che Sutton aveva chiamato per dire di essersi ripreso Cricket, io mi ero messo in ferie. Per quanto riguardava Sutton, non mi preoccupavo. Jamison gli avrebbe dato tutto il tempo libero che gli serviva. Avevamo bisogno di stare con Cricket. Di assicurarci che ciò che avevamo costruito fino a quel momento sarebbe durato.

Ero sicuro che sarebbe stato così, ma avevamo preso un impegno e ci saremmo concessi del tempo. A partire da quel momento.

Lee andò nel bagno della camera e sentii scorrere l'acqua della doccia.

Senza una parola, Sutton tolse la canottiera a Cricket così che fosse nuda. Io la guardai mentre mi spogliavo velocemente, osservai Sutton posarle una mano sulla figa. «Adoro sentire il nostro seme qui. Amo sapere che sei marchiata. Sei nostra, piccola.»

Lei annuì, gli occhi che si chiudevano mentre lui la stuzzicava delicatamente. Aveva preso tre enormi uccelli, e con forza. Doveva fare piano. Ritrasse la mano giusto il tempo che bastava per farla voltare a guardarmi, poi cominciò a darle piacere da dietro.

Io le afferrai i seni, giocandoci mentre sentivo l'acqua in bagno chiudersi. Era stata la doccia più veloce del mondo.

Chinandomi, la baciai e insieme a Sutton la eccitammo di nuovo. Non ci volle molto, era stata ben preparata da tutti e tre.

Quando Lee fece ritorno, prese il posto di Sutton alle spalle di Cricket mentre lui si spogliava.

Io sollevai la testa e chiesi, «Pronta?»

Lei annuì. «Vi voglio. Tutti quanti.»

Aveva le guance arrossate, i capezzoli rossi quanto le sue

labbra, duri. Non potei non notare il rumore bagnato delle dita di Lee che giocavano con la sua figa.

Sutton si spostò verso il fondo del letto, sdraiandosi di sbieco così da avere la testa sul bordo di sinistra, le ginocchia piegate e i piedi a terra. Il suo pene svettava verso l'alto, pronto per Cricket. Arricciò le dita e lei salì a gattoni sul letto, poi sopra di lui, offrendo a me e Lee una bellissima vista della sua figa piena di sperma. E non mi persi l'altro buco che presto sarebbe stato mio.

Andai al comodino, ne aprii un cassetto e afferrai il lubrificante che ci avevo lasciato dentro. La sua figa poteva anche gocciolare, ma non mi sarei preso il suo ano senza un quintale di lubrificante.

Sutton se la fece sedere in grembo, con l'uccello affondato dentro di lei prima ancora che io avessi aperto il tappo. Le portò le mani ai seni, li afferrò e stuzzicò i capezzoli con le dita mentre lei si muoveva sopra di lui.

«Di più,» disse lei, guardando me.

Era il mio segnale e non avevo intenzione di aspettare un secondo di più. Ce l'eravamo scopata tutti, perfino con un cazzo nella sua figa e uno nella sua bocca allo stesso tempo, ma non avevamo mai fatto una doppia penetrazione figa e ano. Nemmeno la prima volta che eravamo stati tutti insieme l'estate prima. Si era presa il mio uccello nell'ano fino in fondo per diverse volte. Era venuta solo per quello, per cui sapevo che era una cosa che le sarebbe piaciuta. Prendersi due cazzi in un colpo solo sarebbe stato diverso. Sarebbe stato di più. Fosse stata l'ultima cosa che facevo, mi sarei assicurato di renderglielo piacevole.

Mi feci colare il lubrificante sulle dita, poi cominciai a spalmarglielo addosso, girando in cerchio attorno al suo ano, premendovi all'interno e allargandolo fino a quando non mi prese un dito, poi due, poi un terzo mentre Sutton continuava lentamente a scoparsela.

Una volta certo che non sarei riuscito a resistere che il suo ano fosse stato preparato per bene, aggiunsi una bella dose di lubrificante al mio uccello, rendendolo ben scivoloso, poi mi spostai dritto dietro di lei, in piedi tra le gambe aperte di Sutton.

Con attenzione, lentamente, mi infilai dentro di lei. Cricket si era chinata leggermente in avanti, i palmi delle mani appoggiati al petto di Sutton. Respirava a fondo e lentamente mentre io la aprivo sempre di più, fino a quando la punta del mio uccello non la penetrò del tutto.

Lei gemette, gettando indietro la testa. Era così stretta, cazzo.

Mi chinai in avanti e le morsi una spalla, tenendomi fermo mentre sussurravo, «Ti amo.»

Lei piagnucolò mentre mi premevo più a fondo. «Ti amo anch'io.»

«Tocca a Lee, piccola. Tutti e tre. Sei tu a tenerci insieme. Quella che ameremo per sempre.»

Lei gemette, si dimenò, poi disse, «Di più.»

Esatto. Cricket era quella giusta per noi, quella che ci avrebbe dato tutto mentre noi l'avremmo ricambiata concedendole la stessa cosa.

16

RICKET

Oh. Mio. Dio.

Era intenso. *Loro* erano intensi. Così disperati. Così bramosi. Tre grandi cowboy muscolosi che avevano bisogno di assicurarsi che io stessi bene dopo l'incidente con Rocky. Mi ero spaventata. Dio, non avevo mai avuto così tanta paura in vita mia, ma era finita presto. Il lacrimogeno aveva fatto il suo dovere ed io ero stata così su di giri che gli avevo dato una ginocchiata nelle palle prima ancora di rendermi conto di cosa avessi fatto. Poi ero tornata di corsa alla macchina e avevo aspettato con Penny, le portiere bloccate, fino a quando non era arrivata la polizia.

Ma tutti quanti i ragazzi erano sembrati terrorizzati fino a quando non avevano avuto l'occasione di abbracciarmi. E il bisogno di scopare, Dio, non ne avevo avuto idea. Avevo desiderato Sutton con una disperazione che non avevo mai provato prima. Lo stesso valeva per Archer.

Avevo avuto un orgasmo favoloso con Sutton mentre mi teneva premuta giù contro il portellone del suo furgone, ma ero stata altrettanto vogliosa con Archer. E quando Lee era comparso, ero stata altrettanto disperata anche con lui. Scopavano tutti in maniera diversa. Amavano in maniera diversa. Avevano *necessità* diverse. Avere tre uomini non sarebbe stato facile, ma non riuscivo ad immaginarmi di stare senza uno di loro.

E adesso, li avevo tutti e tre dentro di me. Lee si era avvicinato all'angolo del letto e tutto ciò che avevo dovuto fare era stato voltare la testa per prendere il suo uccello – duro nonostante avessimo appena scopato – in bocca. Aveva il gusto puro di Lee dal momento che aveva appena fatto la doccia. Caldo e intenso, duro come una roccia e spesso nella mia bocca e contro la mia lingua.

Archer andava piano e con delicatezza nel penetrarmi. Così grande. Il sesso anale era una cosa molto più intima di qualsiasi altra. C'era un po' di disagio, ma il piacere era oscuro. Intenso. E con Sutton nella figa allo stesso momento? Avevano stabilito un ritmo, alternando le spinte dentro e fuori e mandando in fiamme ogni singola terminazione nervosa.

Gemetti, con una mano sul fianco di Lee e l'altra appoggiata al petto di Sutton. Non potevo fare nulla, non potevo muovermi, potevo solamente lasciare che facessero ciò che volevano.

Quella era la massima sottomissione, concedermi a loro in modo che potessero fare tutto ciò che volevano. Tuttavia, era anche il momento in cui avevo più potere. Avevano ragione, ero io che ci rendevo una cosa sola. Una famiglia.

«Brava ragazza, piccola. Così bella che ci prendi tutti e tre. Se solo potessi vederti. Così matura, così perfetta,» diceva Lee come in una litania. Continuò a parlarmi mentre spostava appena appena i fianchi, spingendosi nella mia bocca.

Non ricevetti alcun avvertimento quando venne, sentii solamente la sua mano stringere leggermente la presa sulla mia nuca prima di percepire il caldo fiotto del suo seme sulla lingua. Deglutii, ancora e ancora, fino a quando lui non si afflosciò per poi ritrarsi.

Archer aveva smesso di muoversi, ma una volta che Lee ebbe finito, riprese con le sue spinte lente. «È ora di muoverci, piccola. Vieni per noi e ti seguiremo a ruota.»

Lui e Sutton continuarono con lo stesso ritmo di prima, ma premendo più forte, poi più a fondo e infine più veloce.

Io non riuscii a trattenermi, non sarei stata in grado di farlo nemmeno se Sutton me lo avesse ordinato. Non l'avrebbe fatto, non in quel momento. Incrociai il suo sguardo, lo trattenni mentre lui mi guardava, fino a venire con forza. Urlai, le dita che si intorpidivano, tutte le ossa nel mio corpo che si dissolvevano nonostante i miei muscoli si contraessero. Ero intrappolata tra di loro, arresa del tutto a loro.

Sentii Archer gemere, percepii il suo seme riempirmi mentre veniva. Guardai Sutton mentre anche lui finiva, vidi la sua mandibola serrarsi, il corpo irrigidirsi.

Urlò il mio nome mentre mi riempiva la figa con ancora altro sperma.

Era fatta. Nient'altro avrebbe mai più retto il confronto. Nessun altro a parte loro.

Archer si ritrasse con cautela, poi mi sollevò tirandomi via da Sutton e mi portò fino alla testiera del letto mentre Sutton si spostava accanto a me. Archer scivolò dall'altra parte e Lee si sedette sul letto ai miei piedi.

«Questo è solamente l'inizio,» mi disse, sogghignando.

«Prendimi un pacco di piselli surgelati, dammi un'ora di tempo e poi possiamo rifarlo,» replicai io.

Sutton si irrigidì accanto a me, poi cominciò a ridere. Tirò su la testa appoggiandola alla mano, puntellandosi sul gomito. «Ci farai fare una bella cavalcata selvaggia, vero?»

Feci spallucce. «Siete stati voi ad accalappiarmi.»

Archer si chinò in avanti, accarezzandomi le ciocche di capelli ribelli che erano sfuggite allo chignon. «Esatto, proprio così. E tu hai catturato i nostri cuori.»

Era vero, e non avevo intenzione di lasciarli andare mai più.

VOGLIO DI PIÙ?

Non preoccupatevi, arriverà dell'altro dallo Steele Ranch!
 Ma indovinate un po'? Ho del materiale bonus per voi. Un po' di amore in più con Lee, Sutton e Archer. Per cui registratevi alla mia mailing list. Ci sarà del materiale bonus per ogni libro della serie dello Steele Ranch dedicato esclusivamente agli iscritti. La registrazione vi permetterà anche di conoscere tutte le mie prossime uscite non appena verranno annunciate (e otterrete un libro gratis... wow!)
 Come sempre... grazie per aver apprezzato i miei libri e la cavalcata selvaggia!

http://vanessavaleauthor.com/v/db

ISCRIVITI ALLA NEWSLETTER

Iscriviti alla mia mailing list per essere il primo a sapere di nuove uscite, libri gratuiti, prezzi speciali e altri omaggi di autori.

http://vanessavaleauthor.com/v/db

www.ingramcontent.com/pod-product-compliance
Lightning Source LLC
LaVergne TN
LVHW011835060526
838200LV00053B/4032